KB234072

어서 오세요 실력지상주의 교실에 1학년 편 공식 가이드북
First File

키누가사 쇼고 원작 / 토모세슌사쿠 일러스트 / 조민정 옮김

소미미디어

어서 오세요 실력지상주의 교실에
1학년 편 공식 가이드북
First File

——— CONTENTS ———

**컬러
페이지**   도쿄도 고도 육성 고등학교
연간 행사

P011   도쿄도 고도 육성 고등학교
인물 소개

P109   도쿄도 고도 육성 고등학교
활동 보고

P247   권말 특전
『처음 하는 전화』
『이치노세 호나미의 봄방학 -마지막 날-』
(『어서 오세요 실력지상주의 교실에 in Akihabara』 특전)

**Welcome to the Classroom of the First-year
Official Guidebook First File**

도쿄도 고도 육성 고등학교
인물 소개

The Tokyo Metropolitan
Advanced Nurturing
High School
Character Guide

실력지상주의인 고도 육성 고등학교에서 A반을 꿈꾸는 것은 보통내기가 아닌 학생들. 그런 그들을 지켜보는 교사까지 포함해 매력 넘치는 인물들을 소개합니다.

The Tokyo Metropolitan
Advanced Nurturing High School

학교안내 School Guide

이념

우수한 인재 육성을 목표로 한 철저한 교육

일본 정부에서 우수한 인재 육성을 목적으로 설립. 실력주의를 강조하며 철저히 지도한다. 실제로 입학 가능한 자는 사전 조사를 통해 당교에 소속될 만하다고 평가받은 학생뿐. 면접과 시험은 형식에 불과하다.

설비

생활환경을 잘 갖춘 고도 육성 고등학교

부지가 60만 평이 넘는다. 학생은 부지 내에 있는 학생 기숙사에서 생활하는 것이 의무다. 그래서 부지 내에는 편의점에서부터 가전제품점까지 많은 시설이 있어 하나의 작은 거리를 형성하고 있다.

S 시스템

●반 포인트와 프라이빗 포인트

반 포인트(cl)

cl은 class의 약자. 반 평가. 포인트가 많은 반 순으로 A~D반으로 변동.

프라이빗 포인트(pr)

pr은 private의 약자. 매달 1일에 학생에게 지급되며, 학교 내에서 자유롭게 사용할 수 있는 포인트.

프라이빗 포인트 산출 방법

(반 포인트 ± 각 학생의 평가 ± 특별시험 결과) × 100 = 프라이빗 포인트

학교 내에 있는 모든 것을 포인트로 구입 가능

프라이빗 포인트로 시설 이용 및 상품 구입을 할 수 있는 시스템. 1 프라이빗 포인트에 1엔의 가치가 있으며, 학생증과 스마트폰으로 거래한다. 매달 1일에 들어오는 이 포인트는 반 평가로 결정된다.

반 등급
1월 : C반으로 승격
3월 : D반으로 강등 확정

1-D

[호리키타 반]

반 등급
1월 : C반으로 승격
3월 : D반으로 강등 확정

아야노코지 키요타카

호 리 키 타 반

학 적 번 호
S01T004651

반
1-D (호리키타 반)

동 아 리
무소속

생 일
10월 20일

『

반에서는 눈에 띄지 않는 존재. 하지만 실은 천재 육성을 목적으로 한 교육기관「화이트 룸」에서 철저한 교육을 받아, 비범한 학력과 신체 능력을 갖추었다. 평소에는 실력을 감추고 있지만, 주위에 문제가 닥치면 뒤에서 몰래 해결로 이끌기도 한다.

』

마지막에 내가 『승리』하기만 하면 돼

능 력 평 가

입학시험에서는 전 과목 점수를 의도적으로 50점에 맞췄기 때문에 학교 측에서는 「평균을 살짝 밑도는 수준」으로 보았고, 신체 능력도 평가가 높지 않다. 사람이 평생에 걸쳐 쌓을 수 있는 지식량을 갖추고 있지만, 일반 고등학생이 아는 지식에는 약하다.

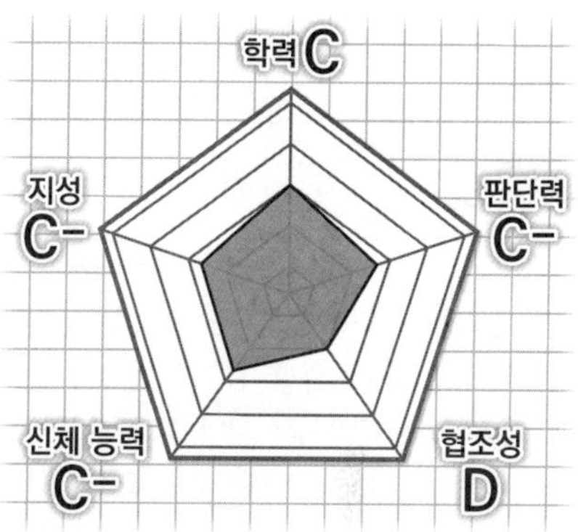

학 생 조 사 서

외모는 준수하나

소통 능력이 떨어진다

키는 176cm로 평균보다 조금 더 크고, 1학년 여학생들이 매긴 훈남 순위에서도 5위를 차지했다. 그러나 타인과의 거리를 잘 좁히지 못해 반에서 약간 고립된 느낌이었다. 훗날 페이퍼 셔플을 치르면서 일상적으로 어울릴 수 있는 반 아이들이 생긴다.

최종 승리를 위해서라면

수단과 방법을 가리지 않는 무자비함

최종적으로 자신이 이기면 그만이라고 생각한다. 목적을 위해 남을 이용하는데 죄책감을 느끼지도 않는다. C반 여학생들이 카루이자와 케이에게 가지는 반감을 이용해서 카루이자와를 장기 말로 삼는 등 냉철하고 이기적인 성격이다.

아야노코지의 신상 정보

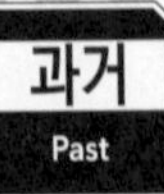

고도 육성 고등학교에
입학한 경위

아야노코지의 아버지가 운영하는 화이트 룸은 아이가 태어나자마자 사회와 격리된 환경에서 가혹한 커리큘럼을 제시하면서 『가지지 못한 자』를 인위적으로 천재로 만들기 위해 설립된 교육기관이다. 그래서 아야노코지가 속한 『마의 4기생』은 지나치게 치열한 교육 프로그램이었기 때문에 학생들이 속속 탈락. 거기서 혼자 살아남은 사람이 아야노코지였고, 그런 이유로 화이트 룸의 「최고 걸작」으로 평가받는다. 제반 사정으로 프로젝트가 일시 중단되었을 때 아야노코지 집안의 집사였던 마츠오의 도움으로 고도 육성 고등학교에 입학하는 길을 선택했다.

『배후자 X』에 철저했던
1학년 시기의 활동 실태

입학 초반에는 튀지 않는 것을 제일로 삼고 평온한 생활을 지향했다. 하지만 A반 승격을 위해 아야노코지를 이용하려 하는 차바시라에게 협박받아, 뒤에서 호리키타에게 지시를 내리는 배후자 X가 되어 반에 닥친 문제 해결에 협력하게 된다.

또한, 느닷없이 부임한 츠키시로 이사장 대행이 아야노코지를 퇴학시키기 위해 추가 시험으로 반 내부 투표를 실시. 또, 선발 종목 시험 때는 아예 시험 자체에 개입하는 바람에 자신을 지키기 위해 행동에 나선다. 현재 그의 최종 목표는 불분명하다.

Kiyotaka Ayanokoji's Background Check

대인관계 Human Relationship — 체육대회를 기점으로 교우관계에 변화가

입학 후 얼마간은 친구를 사귀지 못했고 결과적으로 『반의 바보 삼인조(스도, 이케, 야마우치)』와 어울릴 기회가 많았다. 수영장 여자 탈의실 도촬 계획에 의도치 않게 가담할 뻔하는 등 사건에 휘말리는 경우도 종종 있었다. 하지만 체육대회 때 학생회장 호리키타 마나부와 명승부를 펼치며 숨기고 있던 실력을 아주 살짝 드러내면서 이케 무리가 경원시하게 된다. 한편 페이퍼 셔플을 거치며 어쩌다 보니 아야노코지 그룹(하세베, 유키무라, 미야케, 사쿠라)이 형성되고, 본인도 이 그룹에 편안함을 느끼게 된다.

연애 Affection — 카루이자와와 연인 사이가 된 그 진의는……?

고도 육성 고등학교에서 지내는 동안 「화이트 룸에서는 배울 수 없던 것」을 익히려고 생각한다. 1학년 봄방학 때 카루이자와와 정식으로 사귀게 되는데, 그 진짜 의도는 「케이를 통해 연애를 학습하는 것」이었다.

호리키타 스즈네

학적 번호
S01T004752

반
1-D (호리키타 반)

동아리
무소속

생일
2월 15일

D반의 리더 같은 존재. 입학 초기에는 반 아이들과 전혀 교류하지 않았지만, A반으로 승격하려면 반이 하나로 똘똘 뭉칠 필요가 있다는 것을 배운다. 특별 시험을 거치며 서서히 반의 중심이 되고, 리더로서의 자질을 꽃피워 나간다.

저는 앞으로 반 아이들을 위해
앞장서서 나아가고 싶어요

능력 평가

7/1시점

학력은 학년 최고 수준이고 신체 능력이 높으며 무도도 수련했다. 성적 면에서는 「A반에 상응한 실력」이라고 평가받지만, 남에 대한 배려가 부족하여 D반에 배정되었다. 본인은 그 처우를 받아들이지 못하고, A반 승격을 목표로 삼고 있다.

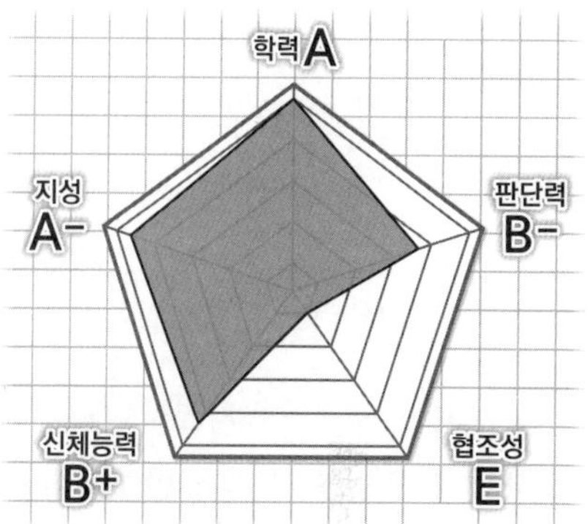

호리키타 반

학생조사서

고고와 고독의 차이를
서서히 이해하는 중

입학 초반에는 남을 내려다보는 거만한 태도를 보였고 반에서 자진해서 고립되었다. 체육대회 때 좌절을 겪으면서 스스로 스터디를 추진하여 반에서 성적이 낮은 학생들의 학력 향상을 도모하는 등 아이들과 협력하게 되었다.

절대적 존재인 오빠 앞에서는
평소 모습이 나오지 않는다

평소에는 강하고 자신감이 넘치지만, 오빠 호리키타 마나부만 관련되면 약해지고 학생회에서 스도를 변호할 때도 위축된 모습을 보였다. 너무 동경한 나머지 오빠를 과도하게 의식했지만, 솔직한 감정을 털어놓음으로써 오빠를 똑바로 마주하고 화해하게 된다.

호리키타의 신상 정보

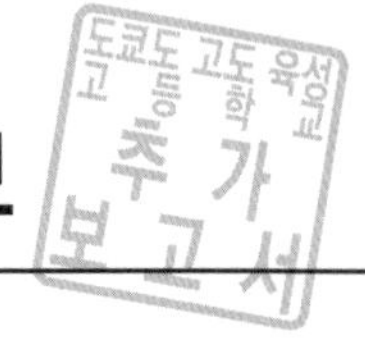

꽃피우기 시작한
리더 자질

원래는 오빠를 좇아 고도 육성 고등학교에 입학한 것인데, D반에 배정되고 만다. 그래서 「오빠를 따라잡기 위해」, 「오빠에게 인정받기 위해」라는 개인적 동기만으로 누구보다도 강하게 A반 승격을 꿈꾼다. 하지만 반이 위로 올라가려면 반 아이들의 협력이 필요하다는 사실을 통감하면서 심경에 변화가 찾아온다. 특히 반 내부 투표 때는 선두에 서서 반에 방침을 제시하고 선발 종목 시험 때도 히라타를 대신해 아이들의 정보를 모아 대책을 세우는 등, 리더의 자질을 발휘하기 시작한다.

호의도 적의도
일방적이기 쉬운?

입학 초기에 대화 상대라고는 옆자리의 아야노코지 정도밖에 없었다. 특별시험을 거치며 점점 다른 학생과도 교류하게 되지만, 쿠시다는 중학교 시절의 일로 앙심을 품고 적개심을 드러낸다. 하지만 남을 자기편으로 만들 줄 아는 쿠시다의 능력은 자신에게 없는 부분임을 알고 그녀를 중요시한다. 쿠시다와의 관계를 잘 풀면서 협력 체제를 구축하고 싶은 마음이다. 스도가 자신을 짝사랑하지만, 본인은 잘 모른다. 한편 무인도 시험을 계기로 C반의 이부키가 자신을 라이벌로 보는 등 의지와 무관하게 일방적으로 남으로부터 강한 감정을 받게 되는 경우가 많은 듯하다.

Suzune Horikita's Background Check

과거
Past

오빠의 취향에 맞췄던
긴 머리카락

오빠를 존경하는 마음이 너무 커서 마나부가 「긴 머리를 좋아한다」라는 거짓말을 진짜 믿고 쭉 긴 생머리를 고수했다. 오빠의 그림자를 좇는 행동을 그만두고, 진짜가 아닌 자기 모습을 직시했을 때, 예전처럼 머리를 짧게 자르고 오빠 앞에 섰다.

아야노코지
With Ayanokoji

아야노코지의
실력에 대한 인식의 변천

고도 육성 고등학교에 입학한 지 얼마 안 된 5월, 기숙사 뒤편에서 호리키타 마나부와 재회한다. 대화가 어긋나 오빠가 폭력을 쓰려고 했을 때 아야노코지의 도움을 받는다. 그 후 오빠가 아야노코지를 의식하게 된 것을 봐서도, 그가 실력을 숨기고 있는 게 아닌지 일찌감치 의심한다. 아야노코지가 비협조적으로 굴며 실력을 발휘하지 않는 데에 조바심을 느끼지만, 실제로 확인할 기회가 적어 그의 실력이 어느 정도인지 가늠하지 못하고 있었다. 그런데 선발 종목 시험의 체스 때 사카야나기와 호각을 다투는 모습을 보고는 A반으로 올라가려면 아야노코지의 힘이 필요하다고 다시금 확인한다.

쿠시다 키쿄

호 리 키 타 반

학 적 번 호
S01T004721

반
1-D (호리키타 반)

동 아 리
무소속

생 일
1월 23일

「학교에 있는 모든 학생과 친구 되기」가 목표로, D반뿐 아니라 다른 반에도 친구가 많다. 붙임성이 좋고 마치 그림으로 그린 듯 착한 사람이지만, 사실 모두와 친하게 지내려고 하는 것은 인정 욕구를 채우기 위해서다. 속으로는 다른 사람을 깔보고 있다.

시시한 과거지?

하지만 나에게는 그게 전부야

능 력 평 가

7/1시점

「학력, 신체 능력 모두 B반 수준」이라고 학교 측에서는 평가하지만, 중학교 시절에 한 행동이 문제시되어 D반에 배정되었다. 어릴 때부터 성적은 우수했으나 점점 성장하면서 본인의 인정 욕구가 충족될 만큼의 평가는 받지 못하고 있다.

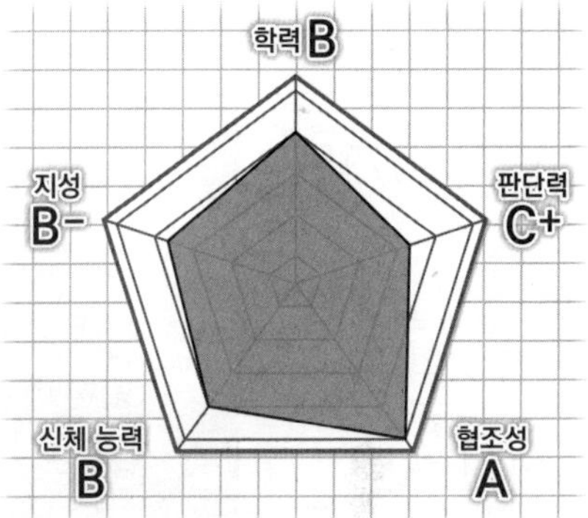

학 생 조 사 서

학년 최고 인기녀의
진짜 성격

남녀 가리지 않고 인기 있으며, 고민 상담도 잘 해줘서 많은 학생의 비밀과 인간관계를 꿰고 있다. 고민 상담을 자처하는 까닭은『최고 인기녀』라는 부동의 지위를 얻기 위해서로, 무엇이든 자기가 1등이 아니면 참지 못하는 성격에 기인한다.

과거를 아는 존재는 제거하고
평온한 학교생활을 추구한다

중학교 시절, 대인관계에서 오는 스트레스의 배출구로 익명 블로그에 동급생의 비밀과 험담을 올렸다. 그 사실이 드러나면서 반이 무너졌다. 같은 중학교 출신으로 그 과거를 알고 있는 호리키타, 우연히 본성을 알아버린 아야노코지의 퇴학을 꾀한다.

사쿠라 아이리

학 적 번 호
S01T004738

반
1-D (호리키타 반)

동 아 리
무소속

생 일
10월 15일

심약하고 소극적인 성격. 알 없는 패션 안경을 썼고 새우등이어서 남들 눈에 별로 띄지 않는 모습이지만, 사실은 용모가 출중해 중학교 시절에는 그라비아 아이돌로 활동했다. 스토커 피해로부터 구해 준 아야노코지에게 호감을 느낀다.

능력 평가

학력 평가는 C+로 평균 수준이나, 특별히 언급할 만한 능력은 없다. 소통 능력이 부족하고 사람들 앞에서 발언할 기회도 별로 없지만, 무인도 시험에서 아야노코지가 속옷 도둑 누명을 뒤집어쓸 뻔했을 때는 그를 감싸기 위해 마음먹고 이의를 제기했다.

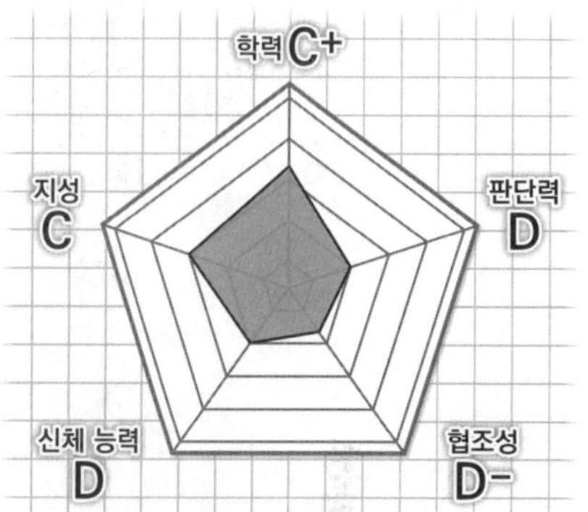

학 생 조 사 서

동경하는 그룹에 들어가기 위해
내디딘 한 걸음

사람을 잘 사귀지 못해 친구를 만들지 못하고 고립 상태에 있었다. 아야노코지 무리가 페이퍼 셔플 시험 대책으로 짠 그룹이 진짜 친구 그룹으로 변해가는 것을 보고, 용기를 쥐어짜내 자신도 그룹에 넣어달라고 부탁한다.

자신을 바꾸기 위해
본명을 숨기고 아이돌 활동

내성적인 성격을 바꾸고 싶어서 중학교 2학년 때부터 그라비아 아이돌(예명은 시즈쿠)로 활동했다. 현재 아이돌 활동은 쉬고 있지만, 인터넷에 셀카를 공개하고 있어서 카메라를 들고 학교 부지 내를 산책하면서 촬영하는 것이 취미다.

카루이자와 케이

학 적 번 호
S01T004718
반
1-D (호리키타 반)
동 아 리
무소속
생 일
3월 8일

갸루 같은 외모와 강한 성격으로 반에서 카스트 최상위에 있는 여학생. 중학교 시절 학교 폭력을 당한 과거를 아야노코지에게 들키지만, 모종의 거래로 과거를 보호받고 아야노코지의 협력자가 된다. 1학년 봄방학 때 아야노코지와 사귄다.

능력 평가

중학교 때 학교폭력의 영향으로 공부에 집중할 수 있는 환경이 아니었던 탓에 기초 학력이 낮다. 하지만 타고난 머리가 좋고, 아야노코지와 겨울방학에 케야키 몰에서 나구모 미야비를 맞닥뜨렸을 때는 일부러 가벼운 말투를 써서 긴장된 분위기를 푸는 등 재치 있는 일면을 보였다.

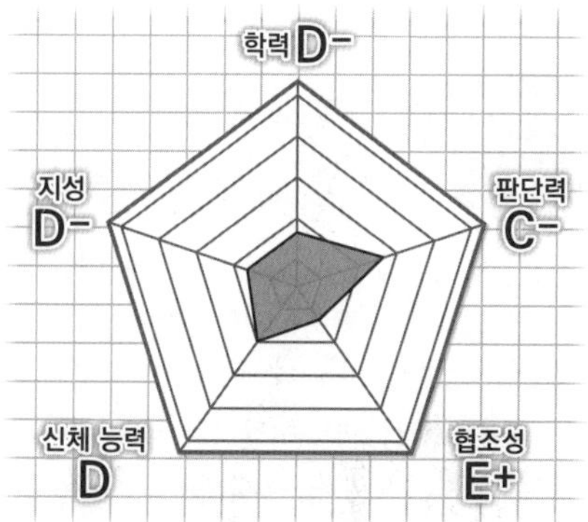

호리키타 반

학생조사서

남자친구를 만드는 것은
카루이자와의 처세술

학교폭력의 표적이 되는 것이 두려워 반의 리더 같은 존재인 히라타에게 『기생』해 사귀는 척했다. 그 관계는 2월에 끝나지만, 반에서의 발언력은 전과 다름없다. 『분위기 장악력』은 아야노코지도 높이 산다.

약한 모습을 감추기 위해
꾸민 성격

오만하고 불량한 말과 행동은 약한 면을 보여서 학교폭력 피해자가 되지 않기 위한 예방책. 하지만 때때로 갈등이 빚어지는데, C반 모로후지 리카와 부딪쳤을 때도 사과하지 않았다가 결과적으로 마나베 그룹에게 찍히는 원인이 되었다.

카루이자와의 신상 정보

지금도 옆구리에
남아 있는 폭력의 흔적

중학교 시절에 당한 학교폭력은 신발을 핥거나 화장실 안에 있을 때 물세례를 당하거나 좋아하지도 않는 남학생에게 고백을 강요받는 등 어느 것 하나 할 것 없이 가혹했다. 카루이자와는 그 모든 굴욕을 당하면서 마음 깊이 상처 입었다. 히라타와 사귀는 척한 것도 중학교 때처럼 또 학교폭력 피해자가 되지 않기 위해서다. 또 왼쪽 옆구리에는 폭력을 당했을 때 생긴 흉터가 아직 남아 있다. 그 흉터를 남이 보지 않도록 수영 수업을 빼먹거나 여름방학 때 수영장에 가면 아이들과 다른 시간에 옷을 갈아입는 등 대책을 세웠다.

아야노코지를 따라
은밀히 반에 공헌

멋 부리는 것을 무척 좋아하고 4월에 벌써 프라이빗 포인트를 다 써버릴 만큼 돈 씀씀이가 헤프다. 프라이빗 포인트는 갖고 싶지만 반 포인트를 늘릴(=반 승격) 의욕은 별로 없어서, 선상 시험 때도 비협조적이었다. 하지만 아야노코지와 뒤에서 함께 행동하게 되면서, 페이퍼 셔플 때는 쿠시다의 교복에 커닝 페이퍼를 몰래 넣고, 혼합 합숙 때는 여자 측 정보를 아야노코지에게 공유했으며, 반 내부 투표 때는 아야노코지에게 비판표를 몰려는 움직임이 일어나고 있다는 것을 그에게 알려주는 등 겉으로 드러나지 않는 부분에서 반에 대한 공헌도가 높다.

연애 상담을 해주지만
사실은 연애 경험 없음

반 친구 사토 마야한테는 연애 경험이 많고 화끈한 것처럼 굴지만, 사실은 연애 경험이 없다. 아야노코지가 다른 반 시이나 히요리를 「히요리」라고 불렀을 때는 질투하는 모습을 보였다.

크게 변화한
아야노코지와의 관계성

학교폭력을 당한 과거를 알게 된 아야노코지와 「학교폭력으로부터 보호받는 대신 협력자가 되는」 관계가 된다. 뒤에서 함께 활동하면서 점차 가까워졌고, 체육대회 무렵부터는 「키요타카」라고 부르기 시작한다. 류엔 무리가 옥상으로 불러내 고문했을 때 선상 시험에서 배후자 X(아야노코지)가 자신을 궁지로 몰았다는 사실을 듣지만, 끝까지 입을 열지 않고 아야노코지의 이름을 함구한다. 아야노코지가 구해줌으로써 그를 의식하게 되었고, 크리스마스 무렵에는 좋아한다는 것을 깨닫는다. 혼자 끙끙 앓다가 봄방학 때 정식으로 사귀게 된다.

히라타 요스케

학 적 번 호

S01T004698

반

1-D (호리키타 반)

동 아 리

축구부

생 일

9월 1일

D반을 통솔하는 중심인물. 정의감이 강하고 온화한 성격에 성적도 우수하다. 축구부에서도 활약을 펼치고 있고, 남녀 불문하고 인기가 아주 많다. 반을 위해서라면 고생도 마다하지 않지만, 그런 인격 형성에 중학교 시절의 사건이 영향을 미쳤다.

이런 내가…… 앞장서서,
걸어도 될까……

능력 평가

7/1시점

능력은 학년에서도 최고 수준. 원래는 A반에 배정될 예정이었으나 중학교 때 사건이 드러나 무산되었다. 반에서 고립되어 있던 아야노코지와 호리키타를 신경 써주고, 카루이자와를 돕기 위해 남자친구인 척해주는 등 높은 협조성이 두드러진다.

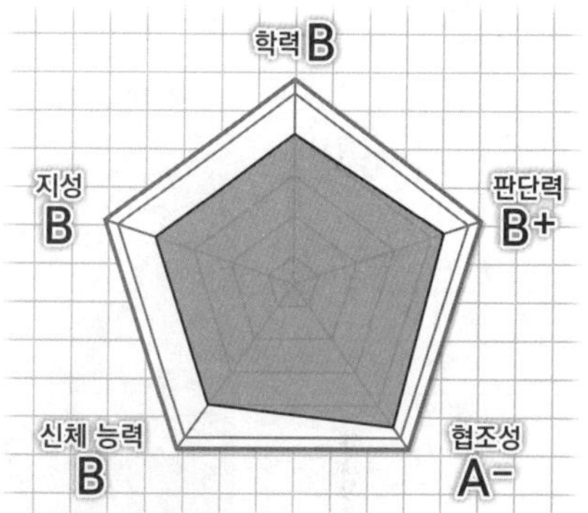

학생조사서

인망이 두텁고
반에서 대체 불가능한 존재

반을 위해 솔선수범하며 누구든 차별하지 않고 대한다. 반 내부 투표를 거치면서 한때는 마음을 닫기도 했지만, 그의 성실함과 공헌도가 반 아이들의 마음 깊이 스며들었기에 반에 사과한 이후부터는 다시 따뜻하게 받아들여졌다.

인격 형성에 큰 영향을 미친
소꿉친구의 존재

중학교 때 소꿉친구 스기무라가 자살 미수를 일으키자, 학교폭력을 근절한다면서 폭력적으로 반을 지배했다가 망가뜨린 과거가 있다. 무인도 시험과 반 내부 투표에서 반에 균열이 생겼을 때 그 트라우마가 되살아나면서 정신적으로 불안정한 상태가 되었다.

도쿄도 고도 육성 고등학교 학생 증명서

코엔지 로쿠스케

호리키타 반

학적 번호
S01T004668

반
1-D (호리키타 반)

동아리
무소속

생일
4월 3일

일본 유수의 재벌 『코엔지 콘체른』의 후계자로, 시원하게 뒤로 넘긴 금발이 트레이드마크. 학력, 신체 능력 모두 학년 최고 수준이지만 천상천하 유아독존 같은 성격이어서 내키지 않으면 실력을 발휘하지 않고 특별시험까지도 치는 둥 마는 둥 하는 문제아다. 남이 싫어하는 언행을 일부러 할 때도 많다.

난 대결 따위에 관심 없지만, 지는 건 별로 좋아하지 않아서

스도 켄

학 적 번 호
S01T004672

반
1-D (호리키타 반)

동 아 리
농구부

생 일
10월 5일

농구부 소속으로 1학년인데도 주전에 발탁될 만큼 실력자다. 쉽게 욱하고 바로 주먹을 드는 면이 있어 C반 남학생에게 폭력을 휘두르고 체육대회 때도 문제를 일으켰다. 체육대회를 계기로 반성하고 호리키타의 영향으로 서툰 공부도 열심히 하려고 노력하고 있다.

처음으로 내 존재의의를 인정받은 느낌이야

너의 그 마음에 보답하고 싶다

이케 칸지

학 적 번 호
S01T004654

반
1-D (호리키타 반)

동 아 리
무소속

생 일
6월 16일

여자를 밝히고 학력
은 낮아서 스도, 야마우
치와 함께 반에서 바보
삼인조로 불린다. 반면
소통 능력은 뛰어나 반
의 분위기 메이커. 캠핑
경험이 풍부해 무인도
시험 때 반에 공헌했다.
늘 티격태격하던 시노
하라 사츠키를 여자로
보기 시작한다.

여자친구는 항시 모집 중이니까 잘 부탁해!

물론 귀엽거나 예쁜 애로 기대한다!

야마우치 하루키

학 적 번 호
S01T004706

반
1-D (호리키타 반)

동 아 리
무소속

생 일
5월 30일

여자친구를 만드는 것이 최대 목표라는 까불이. 능력은 평균 이하지만, 남에게 잘 보이려고 아무렇지 않게 거짓말을 일삼는다. 눈치가 없어서 분위기를 잘 흐리고, 혼합 합숙 때 사카야나기를 넘어뜨린 일로 그녀에게 미움을 산다. 사카야나기의 책략에 걸려들어 반 내부 투표 때 퇴학당한다.

사토 마야

학 적 번 호
S01T004739

반
1-D (호리키타 반)

동 아 리
무소속

생 일
2월 28일

밝은 성격에 갸루 같은 외모와 달리 이성 교제 경험이 없고 연애 쪽으로는 순진하다. 체육 대회에서 활약한 아야노코지에게 호감을 느끼고 카루이자와에게 상담한 후 크리스마스 때 고백하지만 차인다. 쿠시다의 정보에 따르면 같은 반 오노데라 카야노를 어려워한다.

왕 메이유

학 적 번 호
S01T004792

반
1-D (호리키타 반)

동 아 리
무소속

생 일
8월 21일

중국에서 온 유학생으로 별명은 「미짱」. 일본어와 영어가 유창하고 성적도 우수하다. 같은 반 히라타를 좋아한다. 말주변이 없고 수줍음 많은 성격이지만, 반 내부 투표에서 히라타가 자포자기했을 때는 모진 말을 들으면서도 걱정하고 계속 말을 붙였다.

힘들 때, 괴로울 때일수록 도움의 손길을 내밀어야 하지 않을까……

유키무라 테루히코

학 적 번 호
S01T004708
반
1-D (호리키타 반)
동 아 리
무소속
생 일
7월 11일

성적은 학년에서도 상위권이지만 운동에 약하다. 공부 못하는 아이를 깔봤지만, 운동 능력이 필요한 체육대회 때 자신의 무력함을 통감하면서 태도에 변화가 찾아온다. 연락 두절된 어머니가 지어준 「테루히코」란 이름이 싫어서, 친한 친구들에게는 아버지가 지어주려 했었던 「케세이」로 불러달라고 한다.

이 학교는 공부만 잘해서는 안 돼

운동만 잘해서도 안 되고

하세베 하루카

이 다섯 명이 키요뽕 그룹인 거야, 잘 부탁해

학력은 과목별로 편차가 심하다. 혼자 있을 때가 많았지만, 스터디를 시작하면서 아야노코지 그룹을 결성한다. 친해지면 독특한 별명을 붙여서 부른다.

학 적 번 호	S01T004747
반	1-D (호리키타 반)
동 아 리	무소속
생 일	11월 5일

미야케 아키토

내가 생각해도 놀라울 정도로 이 그룹에 정이 든 것 같아

자신 있는 과목의 경향이 하세베와 거의 똑같고, 함께 아야노코지 스터디에 참여했다가 그룹을 결성했다. 중학교 때 궁도 대표로 현(県)대회에 나간 경험이 있으며, 선발 종목 시험에서 눈부신 활약을 펼쳤다.

학 적 번 호	S01T004700
반	1-D (호리키타 반)
동 아 리	궁도부
생 일	7월 13일

시노하라 사츠키

여자로서 당연한 걸 요구하는 것 뿐이야. 남자들과는 상관없잖아

사토, 마츠시타와 친하다. 이케와 잘 싸우고 무인도 시험에서는 방침을 둘러싸고 대립하기도 했지만, 훗날 상급생에게 시비 걸렸을 때 이케의 도움을 받으면서 함께 외출하는 일이 많아졌다.

학 적 번 호	S01T004742
반	1-D (호리키타 반)
동 아 리	요리부→배구부 (변경)
생 일	6월 21일

마츠시타 치아키

그에 상응하는 실력이 있으면 잘 발휘해 줬으면 좋겠어

반에서 별로 눈에 띄지 않는 존재. 시샘 받는 것이 싫어서 본래의 실력을 숨기고 있다. 선발 종목 시험에서 아야노코지의 진짜 실력을 눈치채고 A반으로 올라가는 데 협조해달라고 요구한다.

학 적 번 호	S01T004778
반	1-D (호리키타 반)
동 아 리	NO DATA
생 일	4월 25일

소토무라 히데오

별명은 「박사」. 컴퓨터와 관련된 것에 해박하고, 스도의 폭력 사건 때 감시 카메라를 설치해 주었으며, 선발 종목 시험 때는 타이핑 기능 종목에 나가 승리를 거뒀다. 『사극톤』 말투는 혼합 합숙 때 고쳤다.

학 적 번 호	S01T004686
반	1-D (호리키타 반)
동 아 리	무소속
생 일	1월 1일

Hideo sotomura

호리키타 반

NO DATA...

오노데라 카야노

D반 여학생 중 신체 능력이 상위권. 입학 직후의 수영 수업에서 크게 격차를 벌리며 1등으로 들어왔고, 체육대회 때는 세 학년 합동 릴레이 때 선수로 뽑혀 빠른 달리기 실력을 선보이며 바통을 넘겼다.

학 적 번 호	S01T004717
반	1-D (호리키타 반)
동 아 리	수영부
생 일	7월 13일

Kayano Onodera

‖‖1-D‖‖
그 밖의 학생
Classroom of Horikita

아즈마 사나
Sana Azuma

선발 종목 시험의 수학 테스트에 참가.

이쥬인 와타루
Wataru Ijuin

야마우치와 친하다.

이시쿠라 카요코
Kayoko Ishikura

선발 종목 시험의 수학 테스트에 참가.

이노카시라 코코로
Kokoro Inokashira

선발 종목 시험 때 영어 테스트에 참가.

이치하시 루리
Ruri Ichhashi

평소에는 얌전하지만, 시노하라와 비슷하게 성격이 강하다. 선발 종목 시험 때는 영어 테스트에 참가.

오니즈카
Onizuka

야마우치와 같은 수준으로 여학생한테 인기가 없다.

오키야 쿄스케
Kyosuke Okiya

페이퍼 셔플에서 코엔지와 한 팀이었다. 선발 종목 시험 때는 영어 테스트에 참가.

소노다 치요
Chiyo Sonoda

선발 종목 시험 때 영어 테스트에 참가.

키쿠치
Kikuchi

입학하고 처음 친 쪽지 시험에서 31점을 받았다.

혼도 료타로
Ryotaro Hondo

포동포동한 여자가 취향이라는 소문이 퍼졌다. 선발 종목 시험에서 농구 종목에 참가.

니시무라 류코
Ryuko Nishimura

선발 종목 시험의 수학 테스트에 참가.

마키타 스스무
Susumu Makita

선발 종목 시험의 농구 종목에 에이스로 참가.

마에조노
Maezono

싸움이 잦고 말과 태도가 거칠다. 체육대회 때는 릴레이에 출전.

미나미 하쿠오
Hakuo Minami

선발 종목 시험의 영어 테스트에 참가.

미나미 세츠야
Setsuya Minami

선상 시험 때 오(午, 말) 그룹의 우대자였다. 선발 종목 시험에서는 농구 종목에 참가했다.

모리 네네
Nene Mori

카루이자와 그룹 멤버. 쿠시다의 정보에 따르면 일부 학생들이 싫어한다고 한다.

미야모토 소시
Soshi Miyamoto

게임과 애니메이션을 좋아한다. 바둑도 둔 적 있다.

리놋치

선상 시험 때 시험 치는 방에서 카루이자와가 전화했던 상대.

1학년 총평 General Comment of the First-year

반 리더

호리키타 스즈네

1학년 종료 시점의
잠정 반 포인트

347포인트

특별시험의 대응

무인도 시험에서 최종 포인트 1등, 페이퍼 셔플 때 C반에 승리.
실력은 아직 상위 반에 뒤지지만, 특별시험에 선전하면서 발전하는 모습을 보이고 있다.

1년 총괄

5월에 0이 되었던 반 포인트를 1년 만에 347까지 회복.
한때 C반에 올라가기도 했다. 현재는 다시 D반이 되었지만,
다른 반과의 차이가 좁혀졌다.

반의 강점

개성 강한 학생이 많은데, 개성을 발휘했을 때 나오는 폭발력이 다른 반에 뒤지지 않는다.
또한, 호리키타와 스도처럼 태도에 변화가 생기면서
성장이 두드러지는 학생이 눈에 띄는 것도 강점이다.

앞으로 남은 과제

반의 결속력이 부족하고, 아직 진가를 발휘하지 못한 학생도 간간이 있다.
개성 넘치는 반을 통솔할 리더의 성장이 요구된다.

반 등급
1월 : D반으로 강등
3월 : C반으로 승격 확정

1-C

[류엔 반]

반 등급
1월 : D반으로 강등
3월 : C반으로 승격 확정

류엔 카케루

류엔 반

학적 번호
S01T004711

반
1-C (류엔 반)

동아리
무소속

생일
10월 20일

C반 리더로 승리를
향한 집념이 남들 배로
강하다. 배후자 X(아야
노코지)를 찾기 위해 D
반 학생에게 압박을 가
하고 선발 종목 시험에
서는 B반 학생의 음료
에 설사약을 넣는 등 이
기기 위해서라면 수단
과 방법을 가리지 않는
무자비한 남자다.

난 두려움을 몰라
한 번도 느껴본 적 없지

능 력 평 가

7/1시점

학력 평가는 D로 평균보다 낮지만, 두뇌 회전이 빠르고 재치 있으며 판단력도 뛰어나다. 무인도 시험 때의 0포인트 작전이 대표적 예로, 특별 시험에서 규칙의 허점을 찌르는 작전을 잘 세우고, 그 작전을 실행으로 옮기는 카리스마도 겸비했다.

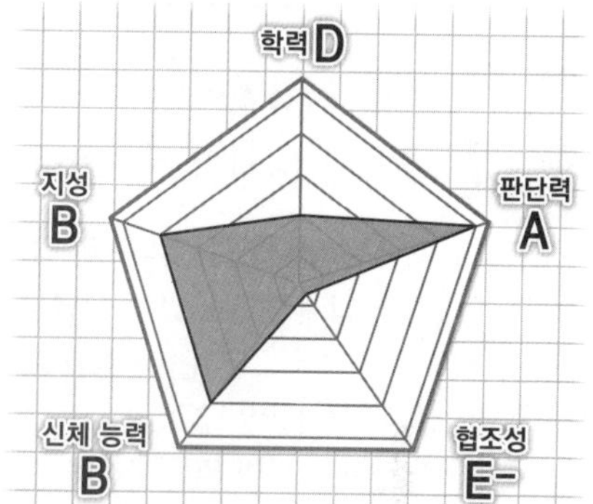

류엔 반

학 생 조 사 서

반발하는 사람조차 따르게 만드는
압도적 리더 자질

신뢰 관계가 아니라 힘과 공포로 반을 지배하는 독재자. C반 학생들은 수단을 가리지 않는 류엔의 방식을 두려워하면서도 리더로서의 자질을 의심하지 않고 이시자키와 이부키, 야마다 같은 무투파도 잘 따른다.

폭력의 이면에 숨겨진
반에 대한 단단한 의리

8억 프라이빗 포인트를 모아 반 40명 모두를 A반으로 올릴 계획이 있다. 반을 사유화하는 독재자이긴 하지만, 폭력으로 지배해온 것을 보상하려고 하며 리더로서 책임감이 강하다.

류엔의 신상 정보

과거
Past

**폭력을 신봉하고
공포를 느끼지 않는 남자**

초등학교 때 소풍 가서 뱀을 맞닥뜨린 적 있는데, 다들 무서워하는 와중에 혼자 아무렇지 않게 뱀을 죽였다. 그날 이후 류엔은 상대를 굴복시키는 쾌감에 눈을 뜨고, 주위로부터 이질적인 존재로 인식되었다. 그 결과, 안팎으로 적이 대거 생기고 말았다.

중학생이 되자 싸움을 밥 먹듯이 하며 살게 되었고, 주변 지역에서는 이름을 모르는 사람이 없을 만큼 유명한 불량 학생이 된다.

특별시험
Special Exam

**강한 정신력과
빈틈없는 구석**

C반 리더로서 특별시험에 적극적으로 관여하고, 반을 승리로 이끌기 위해 노력한다. 무인도 시험 때는 포인트를 받으려고 5일 내내 무인도에서 혼자 서바이벌을 할 만큼 승리를 향한 집념이 대단했다. 또 이 시험에서 A반을 돕는 대가로 매달 일 인당 2만 프라이빗 포인트를 받는 계약을 A반 카츠라기와 맺었다. 아야노코지에게 작전을 들켜 무인도 시험 자체는 패배로 끝났지만, 카츠라기와의 계약 덕분에 반의 우위성을 유지하는 등 빈틈없는 면모도 지녔다.

Kakeru Ryuen's Background Check

대인관계
Human Relationship

이용 가치가 있으면 다른 반 학생이라도

체육대회에서는 호리키타를 위기에 빠트리려고 쿠시다와 공모. 그 후에도 정보를 얻으려고 뒤로 A반 하시모토와 접촉하는 등 이해가 일치하면 다른 반 학생과도 손잡는다. 봄방학 때는 하시모토를 통해 B반 칸자키와 대면하기도 했다.

아야노코지
With Ayanokoji

처음으로 공포를 느낀 상대에게 복수를 맹세

D반에 뒤에서 호리키타를 조종하는 배후자 X가 있다는 사실을 눈치채고, 마나베 등 반의 배신자를 찾아내 배후자 X가 카루이자와와 연결되어 있음을 알아차린다. 카루이자와에게서 배후자 X의 정체를 캐내려고 하다가 혼자 나타난 아야노코지와 싸워 패배를 맛본다. 그때까지만 해도 공포가 뭔지 몰랐던 남자가 아야노코지의 눈에 서린 어둠을 접한 후 처음으로 두려움을 느낀다. 책임지기 위해 퇴학을 각오하지만, 류엔 파의 중재도 있어서 재기에 성공한다. 아야노코지에게 「언젠가 짓밟아주겠다」라며 복수를 선언한다. 현재는 그 준비로 이치노세와 사카야나기부터 쓰러트리려고 꾸미고 있다.

이부키 미오

류엔 반

학적 번호
S01T004714

반
1-C (류엔 반)

동아리
무소속

생 일
7월 27일

말이 별로 없고 쿨해 보이지만 승부욕이 강하며 다혈질이다. 더러운 수법도 가리지 않는 류엔을 싫어하면서도 리더 자질은 인정하는데, 아야노코지에게 졌을 때는 류엔을 질책하며 리더 자리로 복귀하는 것을 도왔다.

능 력 평 가

비협조적인 편이지만 C반에서는 「학력 면이나 운동 면에서 우수한 학생」이라고 높은 평가를 받고 있다. 특히 격투기에 능하며, 무인도 시험에서 호리키타와 대치한 이후부터는 그녀를 일방적으로 라이벌로 여기고 있다.

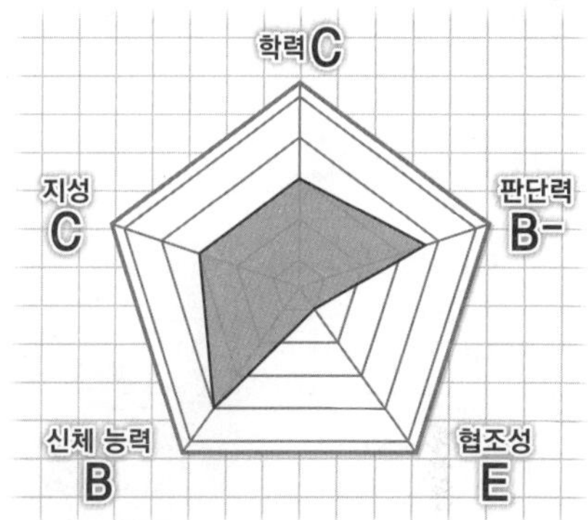

학 생 조 사 서

A반으로 올라가기 위해

류엔을 따른다

말수가 적고 단독 행동을 좋아한다. 게다가 류엔 파로 여겨져 C반에 친구가 거의 없고 고립될 때가 많다. 같은 반의 여자 카스트 상위에 있는 마나베가 탐탁지 않게 여긴다. 이부키도 마나베를 싫어한다.

쉽게 욱하는 성격과 달리

나이에 걸맞은 일면이 있다

유행하는 점이나 영화에 관심을 가지는 등 또래 여고생다운 구석도 있다. 또, 거짓말할 때는 자기도 모르게 상대방의 눈을 똑바로 보는 버릇이 있다. 심리전이나 신경전에 약하고 겉과 속이 다르지 않은 솔직한 성격이다.

시이나 히요리

학 적 번 호

S01T004735

반

1-C (류엔 반)

동 아 리

다도부

생 일

1월 21일

조용하고 의젓한 성격. 도서실에 항상 드나들 정도로 책벌레인데, 개인 소지품인 미스터리 소설을 빌려주기용으로 들고 다닌다. 아야노코지와는 도서실에서 우연히 마주쳤을 때 책 이야기를 나누면서 의기투합하게 되었고, 같은 취미로 반의 장벽을 넘어선 독서 친구가 된다.

단도직입적으로 묻겠는데, 류엔 군을 바꾼 게 아야노코지 군인가요?

능 력 평 가

성실한 자세로 공부하고, 높은 학력을 자랑한다. 또 하세베가 마신 커피의 설탕량을 미리 알고 있었으면서 마치 류엔이 깬 컵 바닥에 깔려 있던 양을 보고 추측한 것처럼 행동하는 등 재치가 있다.

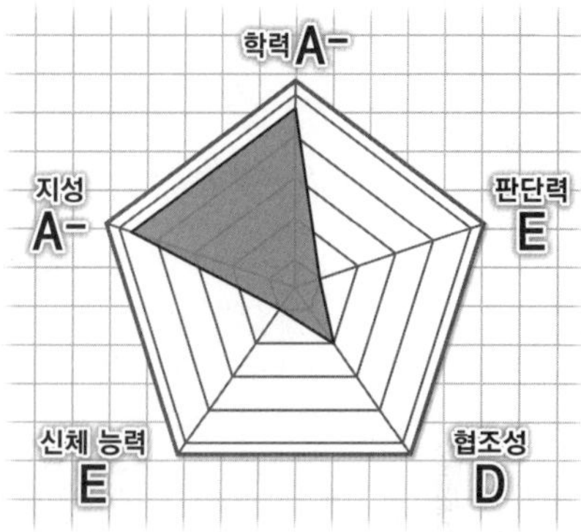

류엔 반

학생조사서

온화한 성격이지만
뛰어난 능력을 숨기고 있다

협조성이 부족해 C반에 친구라 부를 만한 존재가 거의 없다. 류엔은 히요리의 예리한 통찰력을 높이 사고 있지만 그녀 본인이 경쟁을 좋아하지 않는 성격이어서 그녀를 적극적으로 이용하지는 않는다.

반을 위해서라면
비정한 판단을 내린다

반 내부 투표에서 류엔을 구하고 마나베를 퇴학시키자는 이부키 무리의 제안을 받아들여서 마나베에게 비판표를 몰아 주는 데 협력했다. 반을 위한 일이라고 판단하면 퇴학자가 나오는 방침이라고 할지라도 수용하는 유연함까지 갖췄다.

시이나의 신상 정보

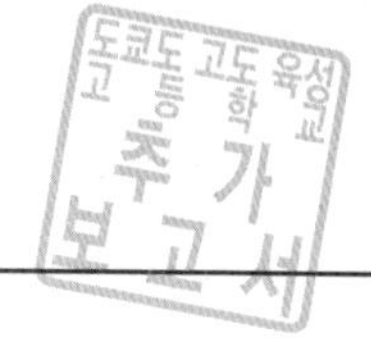

히요리가 분석한
리더로서의 류엔

무투파가 많은 C반에서 몇 안 되는 지식인파. 그래도 리더로서 류엔의 자질은 높이 평가하고, 그의 독재 체제를 용인한다. 선발 종목 시험 전에는 이시자키, 이부키와 노래방에서 B반 대항 전략을 짤 때 류엔을 불러 동석하게 했다. 결과적으로 류엔이 제안한 부도덕한 수단을 써서 B반에 승리한다. 이런 경위로 류엔을 「지금의 반이 위로 올라가려면 필요한 악」이라고 여기지만, 자신을 포함한 이 반은 그의 폭주를 제어할 수 없음을 인식하고 승리를 순수하게 기뻐하지 못한다.

얼마 없는 정보로도
진실을 꿰뚫는 통찰력

류엔의 실각을 계기로 이시자키, 이부키 등 류엔의 측근과 이제까지보다 훨씬 가까워진 이후부터 원래 가지고 있던 날카로운 통찰력을 발휘한다. C반에서는 표면상으로 이시자키가 하극상을 일으켜 류엔을 리더 자리에서 끌어내린 것으로 되어 있는데도, 이시자키 무리의 언행과 단편적인 정보를 통해 「퍼즐 조각을 천천히 맞춘 것」만으로 사실은 류엔을 쓰러트린 사람이 아야노코지이고 칩거했던 류엔이 다시 본무대에 복귀한 것도 아야노코지의 영향이 아닌가 하는 추론에 도달한다. 그 추리를 들은 아야노코지는 히요리를 재평가하게 된다.

Hiyori Shiina's Background Check

대인관계
Human Relationship

강한 책임감과 주위에 대한 배려

류엔이 실각했을 때 C반 여학생들의 리더 역할을 맡았고, 혼합 합숙에서도 그룹 책임자였다. 합숙에서 러닝 도중 무리에서 이탈된 같은 그룹 왕 메이유를 걱정해 같이 달려주는 등, 남을 배려할 줄 아는 면도 있다.

아야노코지
With Ayanokoji

아야노코지에게 느끼는 감정에 변화의 조짐이?

반 상관없이 친구가 되는 것을 긍정적으로 받아들여서, 혼합 합숙 때 같은 그룹이었던 B반 이치노세와는 합숙이 끝난 후에도 좋은 관계를 유지한다. 이치노세가 모함당했을 때는 도울 길이 없을까 생각해 아야노코지에게 상담하기도 했다. 또, 아야노코지와는 서로 소설을 빌려주는 사이였는데, 지금은 제일 신뢰할 수 있는 사람이다. 아야노코지도 히요리를 「취미가 맞는 사람」으로 인식하고, 「히요리」라고 편하게 부르게 되었다. 아야노코지에게 밸런타인데이 초콜릿을 주기도 하고, 우정과는 다른 감정도 싹트고 있다.

이시자키 다이치

학 적 번 호

S01T004656

반

1-C (류엔 반)

동 아 리

무소속

생 일

4월 14일

급하고 거친 성격으로, 중학교 시절에 유명한 불량 학생이었다. 고도 육성 고등학교에 입학하고 류엔에게 진 이후부터 그를 따르는 충실한 부하가 된다. 류엔이 아야노코지에게 지고 리더 자리에서 내려왔을 때는 이시자키가 류엔에게 하극상을 일으킨 것으로 꾸미고 대신 반을 관리했다

야마다 알베르트

학 적 번 호
S01T004708

반
1-C (류엔 반)

동 아 리
무소속

생 일
1월 16일

류엔의 측근으로 보디가드 역할을 맡았다. 영어에 능통하지만 말을 거의 하지 않는다. 원래는 폭력을 좋아하지 않는 다정한 성격. 신체 능력은 학년에서도 최고 수준이어서 체육대회 때 멋진 피지컬을 앞세워 활약했다. 아야노코지에게 KO 당한 이후 그를 높이 평가하고 있다.

카네다 사토루

더 수상한 것은 아야노코지 씨가 아닌가 하는

반의 참모. 두뇌 명석하고 성격이 차분하다. 무인도 시험 때는 스파이가 되어 B반에 잠입했다. 류엔이 리더 자리에서 물러난 시기에 반을 통솔하는 역할을 맡았다.

학 적 번 호	S01T004662
반	1-C (류엔 반)
동 아 리	미술부
생 일	1월 9일

satoru kaneda

키노시타 미노리

호리키타가…… 넘어진 나한테 그랬어 절대 못 이기게 할 거라고……

minori kinoshita

학 적 번 호	NO DATA
반	1-C (류엔 반)
동 아 리	육상부
생 일	NO DATA

체육대회 때 장애물 달리기에 나갔다. 류엔의 지시로 혼자 넘어져 호리키타와 충돌 사고를 일으켜 다치게 한다. 또, 호리키타를 협박하기 위함이라며 류엔에게 큰 부상을 당한다.

마나베 시호

무릎 꿇고 빌면 용서해 줄 수도 있는데?
잘하잖아, 무릎 꿇는 거

약자 앞에서 위압적으로 구는 성격. 이부키와 상극이다. 선상 시험 때의 카루이자와 폭행 현장을 아야노코지에게 들키면서 스파이가 된다. 반 내부 투표 때 비판표를 많이 받아 퇴학당했다.

학 적 번 호	NO DATA
반	**1-C** (류엔 반)
동 아 리	NO DATA
생 일	NO DATA

shiho Manabe

류엔 반

Nanami Yabu

야부 나나미

학 적 번 호	NO DATA
반	**1-C** (류엔 반)
동 아 리	NO DATA
생 일	NO DATA

같은 반 마나베, 야마시타와 친하다. 선상 시험 때 아야노코지에게 약점 잡혀 훗날 마나베와 함께 배후자 X를 위한 이적 행위를 해 체육대회 때 류엔의 계획이 틀어지는 결과로 이어지고 만다.

▌▌▌ 1-C ▌▌▌
그 밖의 학생
Classroom of Ryuen

오다 타쿠미
Takumi Oda

선상 시험 때 진(辰, 용) 그룹이었다. 선발 종목 시험 때는 가라테에 출전.

콘도 레온
Reon Kondo

농구부 소속. 코미야와 함께 스도를 불러내, 스도 폭력 사건의 원인을 제공했다.

코미야 쿄고
Kyogo Komiya

농구부. 스도가 농구부 주전 후보에 뽑힌 것을 질투해 특별동으로 불러냈다.

소노다 마사시
Masashi Sonoda

축구부 소속으로 달리기를 잘한다. 선상 시험에서는 진(辰, 용) 그룹이었다.

스즈키 히데토시
Hidetoshi Suzuki

선상 시험에서 진(辰, 용) 그룹. 운동 신경은 없지만, 힘깨나 쓴다. 선발 종목 시험 때 가라테에 출전.

니시노 타케코
Takeko Nishino

반에 숨은 스파이를 찾는 일에 협력하라고 류엔이 요구했을 때 반대했던 여학생.

토키토 히로야
Hiroya Tokito

선상 시험 때 축(丑, 소) 그룹이었다.

모로후지 리카
Rika Morofuji

안경을 썼고 올림머리가 특징인 여학생. 여름방학 전 카페에서 카루이자와에게 밀쳐 넘어졌다.

노무라 유지
Yuji Nomura

기가 약하고 운동 신경도 없다. 선상 시험 때는 축(丑, 소) 그룹이었다.

야지마 마리코
Mariko Yajima

선상 시험 때 축(丑, 소) 그룹. 육상부로 달리기를 잘해서, 체육대회 때 장애물 달리기에서 1위를 차지했다.

야마와키
Yamawaki

1학기 중간고사 전, 도서실에서 시끄럽게 구는 이케 무리에게 주의 주고 무시했던 남학생.

야마시타 사키
Saki Yamashita

선상 시험 때 묘(卯, 토끼) 그룹. 마나베와 함께 카루이자와를 다그쳤다. 혼합 합숙 때는 이치노세의 소그룹에 속했다.

요시모토 코세츠
Kosetsu Yoshimoto

궁도부. 2학년 선배와 갓 사귀었을 때, 나중에 결혼할 거라며 큰소리쳤다.

1학년 총평 General Comment of the First-year

반 리더

류엔 카케루

1학년 종료 시점의
잠정 반 포인트

508포인트

특별시험의 대응

선상 시험에서 학년 1위, 선발 종목 시험에서 B반에 승리를 거뒀다. 반 포인트의 변동 폭이 크지 않은 혼합 합숙과 같은 특별시험에는 그리 적극적이지 않다.

1년 총괄

페이퍼 셔플이 끝난 후 류엔이 리더 자리에서 내려오면서 반이 침체된다. 선발 종목 시험에서 그가 리더 자리에 복귀하면서 B반을 이기고 반격에 나설 수 있었다.

반의 강점

류엔의 독재 체제이긴 하지만 겉으로는 반 전원이 그에게 순종적이기에 단합이 잘 되는 모습이다. 그 덕분에 무인도 시험 때의 기발한 작전도 완수할 수 있었다.

앞으로 남은 과제

좋든 안 좋든 『류엔이 있어야 하는』 반. 부도덕한 수단을 선호하는 류엔의 독단적인 행동을 막지 못하고 그에게 너무 의존한 탓에 학생 개개인의 실력 향상이 눈에 띄지 않는다.

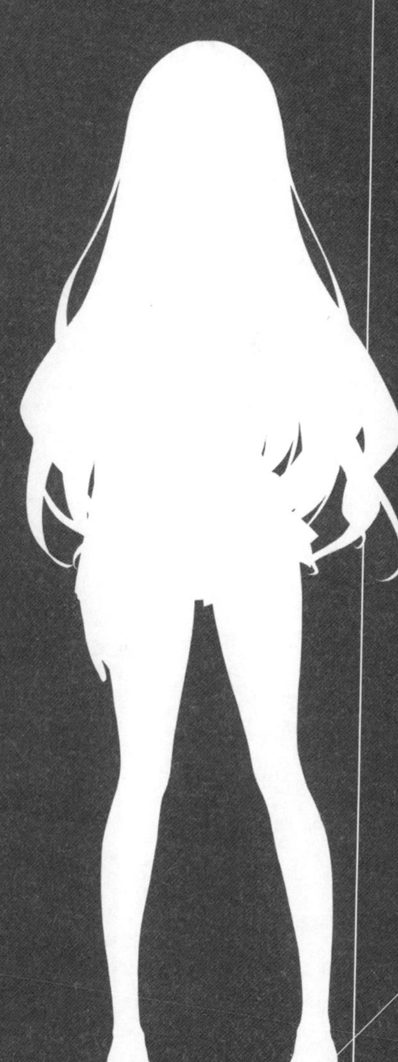

1-B

[이치노세 반]

이치노세 호나미

학 적 번 호
S01T004620

반
1-B (이치노세 반)

동 아 리
무소속

생 일
7월 20일

B반 리더. 밝고 사교적인 성격에 계산적이지 않고 다른 반 학생, 선배들과도 교우관계를 쌓았다. 시선을 끄는 예쁜 외모지만 정작 본인은 모른다. 중학교 시절의 사건이 폭로되어 궁지에 몰리지만, 반 친구들 앞에서 당당하게 고백하고 신뢰를 되찾았다.

능력 평가

7/1시점

A반 수준의 높은 학력이지만, 중학교 때의 장기 결석을 불안 요소로 보고 B반에 배정되었다. 선상 시험에서 야노코지의 작전을 간파하고, 묘(卯) 그룹의 우대자가 카루이자와라는 사실을 알아차린 점을 통해서도 지성을 높이 평가하는 이유를 짐작할 수 있다.

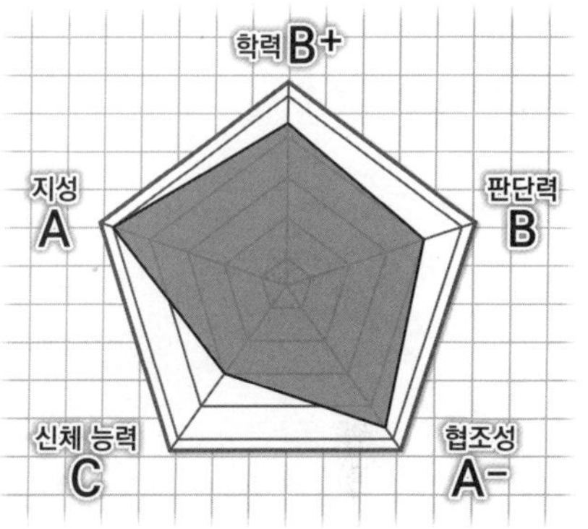

학생조사서

만일에 대비해
반 아이들의 포인트를 관리한다

반 분위기와 팀워크가 좋은 것은 리더 이치노세의 공이 크다. 반의 전략으로 은행 역할을 맡아 프라이빗 포인트를 대신 관리할 만큼 반 아이들의 절대적 신뢰를 얻고 있다.

지나칠 정도로
남을 배려한다

타고난 친절함으로 반을 초월해 도움의 손길을 내미는 등 지나칠 정도로 남을 배려한다. 착해서 다른 학생들이 쉽게 의지하고, 혼합 합숙에서 여학생들끼리 말싸움이 일어났을 때는 열심히 중재하다가 지쳐 버린다.

이치노세의 신상 정보

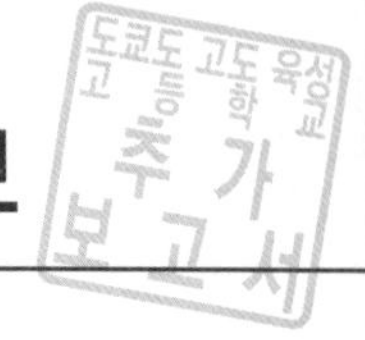

과거
Past

단 한 번의
실수와 죄의식

가족은 어머니, 자신, 두 살 아래 여동생 이렇게 셋으로 한부모 가정에서 자랐다. 절대 유복하지는 않았어도 평소에 불만을 느낀 일은 없었다. 하지만 중학교 3학년 여름, 어머니가 과로로 쓰러져 여동생의 생일선물을 마련하지 못한다. 순간 나쁜 마음을 먹은 이치노세는 물건을 훔쳐 동생에게 선물한다. 동생은 기뻐했지만 어머니에게 들켜 가게에 사죄하러 간다. 가게 주인에게는 용서를 받지만, 자책감에 사로잡힌 이치노세는 학교에 가지 않는다. 처음부터 다시 시작하기로 결심하고, 먼 지역에 있는 고도 육성 고등학교에 입학했다.

목표
Goal

퇴학자를 내지 않는 것을
최우선으로

A반으로 졸업하는 것이 목표지만, 반에서 아무도 낙오하지 않고 「다 같이 졸업하는 것」도 똑같이 중요하게 여긴다. 그래서 특별시험의 승패보다는 자기 반을 지키는 쪽을 우선할 때가 많다. 반 내부 투표 때 시험 특성상 모든 반이 반드시 퇴학자를 한 명 만들어야 했지만, 류엔 반과 거래해 류엔에게 칭찬표를 몰아주는 대신 400만 프라이빗 포인트를 획득. 지금까지 모아온 프라이빗 포인트를 전부 쓰면서까지 자기 반에서 퇴학자가 나오지 않는 길을 택했다.

Honami Ichinose's Background Check

대인관계
Human Relationship

완전한 선의로
손을 내민다

정의감 때문에 갈등 중재를 맡을 때가 많다. 스도의 폭력 사건 때는 목격 증언을 모으는 호리키타에게 도와주겠다고 나섰다. 사건 해결에 협조하면서 호리키타 반과의 협력 관계가 1학년이 끝날 때까지 이어진다.

아야노코지
With Ayanokoji

아야노코지를
향한 의식 변화

모함 사건을 겪고 방에 틀어박혔을 때 아야노코지가 수시로 찾아와 그녀의 기를 꺾는 방식으로 구원해 준다. 덕분에 이치노세는 반 친구들 앞에서 중학교 때 저지른 절도를 고백하며 과거를 극복할 수 있었다. 그 후 선발 종목 시험에서 크게 지고 호리키타 반과의 동맹이 깨지면서 정신적으로 피폐해지지만, 1년 뒤에 아야노코지와 다시 한번 단둘이 만나기로 한 약속만 붙잡고 앞으로 나아가려고 노력한다. 아야노코지와 만날 때는 향수를 뿌리거나 밸런타인데이에 초콜릿을 주는 등 심경에 변화가 찾아온다.

이치노세 반

칸자키 류지

무슨 더러운 수를 쓰려는지 모르겠지만 난 이치노세와 달리 봐주지 않아

이치노세의 참모 같은 존재. 반에서는 최고 수준의 지력과 운동 신경을 지녔으며, 성적에 이렇다 할 결점이 없다. 다만 사람을 잘 사귀지 못하고 적극적으로 나서는 일도 별로 없다.

Ryuji Kanzaki

학적번호	S01T004662
반	1-B (이치노세 반)
동아리	무소속
생일	12월 5일

시바타 소우

방금 그 이야기를 듣고 확신했어 이치노세는 역시 좋은 애였다는 걸

축구부 소속으로 운동 신경이 학년 최고 수준. 체육대회에서 1학년 최우수상을 받았다. 밝고 활발하며 여학생에게 인기도 많아 반 아이들의 신뢰를 받고 있다.

Sou Shibata

학적번호	S01T004666
반	1-B (이치노세 반)
동아리	축구부
생일	11월 11일

시라나미 치히로

왜, 아야노코지 군이 있는 건가요

부드럽고 협조적이다. 이치노세의 친구로 그녀에게 특별한 감정을 품고 있다. 이치노세에게 고백했다가 거절당했는데, 그다음 날부터 바로 예전과 다름없는 태도로 대하고 있다.

학 적 번 호	S01T004744
반	1-B (이치노세 반)
동 아 리	미술부
생 일	11월 28일

아미쿠라 마코

선생님께 말씀드리는 게 어때? 이런 거 용납 못 해

이치노세와 사이가 좋아 함께 다닐 때가 많다. 이치노세를 모함하는 쪽지가 기숙사 우편함에 들어 있었을 때는 제일 먼저 이치노세에게 달려가 위로해 주었다.

학 적 번 호	S01T004741
반	1-B (이치노세 반)
동 아 리	무소속
생 일	10월 2일

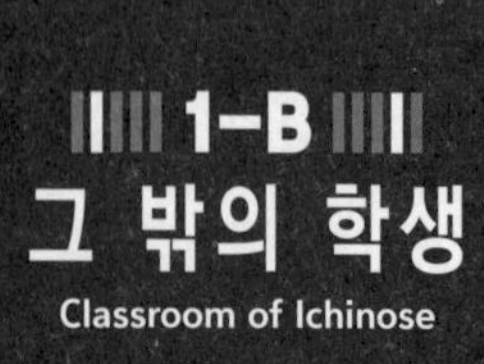

안도 사요
Sayo Ando

선상 시험 때 진(辰, 용) 그룹이었다.

스미다 마코토
Makoto Sumida

혼합 합숙 때는 아야노코지와 같은 소그룹에 소속. 선발 종목 시험에서는 가라테에 출전했다.

코바시 유메
Yume Kobashi

선상 시험 때 축(丑, 소) 그룹이었다.

토키토
Tokito

혼합 합숙 때 아야노코지와 같은 소그룹 소속.

츠베 히토미
Hitomi Tsube

선상 시험 때 진(辰, 용) 그룹이었다.

니노미야 유이
Yui Ninomiya

선상 시험 때 축(丑, 소) 그룹이었다.

나카니시
Nakanishi

선발 종목 시험 전, 류엔이 이끄는 D반에게 미행당하는 등 심한 괴롭힘을 당했다.

벳푸 료타
Ryota Beppu

선상 시험 때 묘(卯, 토끼) 그룹이었다. 선발 종목 시험 전, 류엔 반의 괴롭힘으로 알베르트에게 말도 없이 벽까지 내몰리는 무서운 경험을 했다.

와타나베 노리히토
Norihito Watanabe

선상 시험 때 축(丑, 소) 그룹이었다. 선발 종목 시험에서는 가라테에 출전했다.

하마구치 테츠야
Tetsuya Hamaguchi

찰랑거리는 파란 머리에 몸 선이 가는, 약간 중성적인 외모. 선상 시험에서는 묘(卯, 토끼) 그룹에 속했다.

모리야마
Moriyama

혼합 합숙 때 아야노코지와 같은 소그룹에 속했다.

요네즈 하루토
Haruto Yonezu

선발 종목 시험에서 가라테에 출전했다.

1학년 총평 General Comment of the First-year

반 리더

이치노세 호나미

1학년 종료 시점의
잠정 반 포인트

550포인트

특별시험의 대응

특별시험에서 반 포인트를 획득한 것은 무인도 시험이 유일하다.
학생들은 적극적으로 임하지만,
포인트라는 눈에 보이는 형태의 결과가 따라주지 않는다.

1년 총괄

반 포인트를 대폭 늘리지 못해 A반과의 차이가 벌어졌지만,
그래도 B반은 유지했다. 또 모든 반 중 유일하게 1년 동안 퇴학자가 나오지 않았다.

반의 강점

반 학생 모두 사이가 좋고 결속력이 단단하다.
다함께 모은 프라이빗 포인트를 퇴학자 구제를 위해 쓰게 됐어도
누구 하나 반대하지 않았다.

앞으로 남은 과제

종합 능력은 높으나 특별한 장점이 없다.
하위 반이 맹추격해 발등에 불이 떨어진 상황이어서,
지금의 대결 방식으로 계속 버틸 수 있을지가 과제로 남는다.

1-A

[사카야나기 반]

사카야나기 아리스

학 적 번 호
S01T004737

반
1-A (사카야나기 반)

동 아 리
무소속

생 일
3월 12일

A반 리더이자 사카야나기 이사장의 딸. 선천성 심장 질환 때문에 운동이 일절 금지되어 있고, 평소에 지팡이가 없으면 걸을 수 없다. 어릴 때 아버지와 화이트 룸을 견학했다가 아야노코지를 목격. 그때부터 타도 아야노코지를 맹세했다.

능력 평가

7/1시점

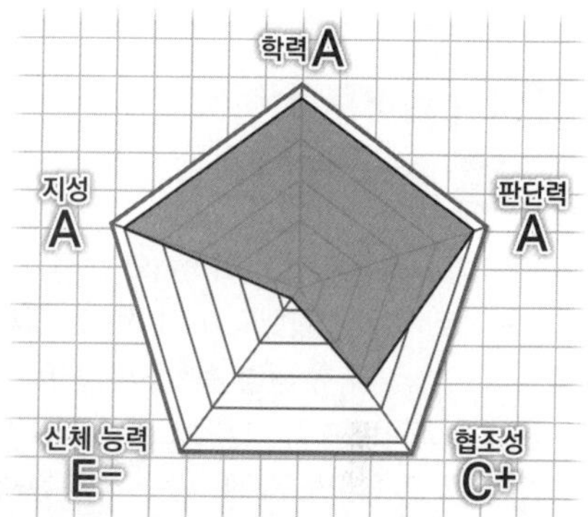

학력 면에서는 같은 학년에서도 월등한 성적을 자랑한다. 몸을 쓰는 시험을 칠 수 없기 때문에 페널티를 받을 수밖에 없는 핸디캡이 있지만, 그 문제를 감안하더라도 반의 리더로 인정할 만한 실력과 수준 높은 사고력을 갖추었다.

학 생 조 사 서

따르지 않는 사람에게는
가차 없이 대응

A반 리더 자리를 둘러싼 카츠라기와의 파벌 싸움에서 카츠라기가 실책을 범하도록 은밀히 손을 써 카츠라기 파를 와해시킨다. 그 후에도 카츠라기의 오른팔 같은 존재인 토츠카를 반 내부 투표 때 퇴학으로 내모는 등 적대자에게는 냉혹한 태도를 보인다.

스스로 천재라고 칭할 만큼
자존감이 높다

자존심이 강해, 아야노코지에게 「A반에 배정된 것은 부모의 영향이 아닌가」라는 지적을 받았을 때 크게 반발했다. 혼합 합숙에서 야마우치와 부딪혀 넘어졌을 때는 아무렇지 않은 척했지만 속으로 이를 갈다가 반 내부 투표 때 퇴학으로 내몬다.

사카야나기의 신상 정보

과거 Past

아야노코지와의 운명적인 『재회』

아버지가 아야노코지의 아버지와 교류가 있어서, 어린 시절 아버지를 따라 화이트 룸을 견학했다가 아야노코지를 목격한다. 사카야나기의 아버지는 아이가 가혹한 환경 속에 있는 화이트 룸 실험을 「불행의 시작」으로 여겼다. 화이트 룸이 인공적으로 천재를 만들어내는 것을 표방한다면, 그 최고 걸작인 아야노코지를 「선천적인 천재」인 자기가 쓰러트린다면 아버지가 옳다는 것을 증명할 수 있다고 생각한다. 그래서 고도 육성 고등학교에서 생각지 못한 재회를 한 순간, 어릴 때부터 품어왔던 숙제를 해내기 위해 아야노코지에게 선전포고한다.

목표 Goal

모든 것은 아야노코지와의 대결을 위해

입학 직후에는 아야노코지가 존재감 없이 행동한 것도 있어서 그가 같은 학교에 있다는 사실을 몰랐다. 그러다가 체육대회에서 아야노코지의 존재를 인식하고, 화이트 룸을 알고 있다는 사실을 아야노코지에게 알린다. 그 후, 카츠라기 파를 처리하고 A반을 장악해서, 특별시험을 아야노코지와의 대결의 장으로 만들기 위해 조건을 갖춰 나간다. 그리고 이치노세 모함 사건 후, 다음 특별시험에서 승부를 펼치자고 제의했다. 그녀에게는 A반 졸업보다 아야노코지와의 대결이 더 우선도가 높다.

Arisu Sakayanagi's Background Check

대인관계
Human Relationship

주위에 측근만 둬서
교우관계가 한정적

최측근은 카무로, 하시모토, 키토까지 세 사람. 걸을 때 어려움이 따르기 때문에 외출할 때는 동성인 카무로를 데리고 다니곤 한다. 입학 직후 카무로의 도둑질을 목격하고 『최초의 친구』로서 자기편으로 받아들인다. 카무로를 마음에 들어 해서 「마스미 씨」라고 부른다. 교우관계가 좁고 한정적이지만, 케야키 몰에서 B반 이치노세와 같이 있는 장면을 목격당한 일이 있는데, 아야노코지가 그 사실을 캐묻자 웃으면서 「친구는 아니다」라고 대답했다. 그때 이치노세의 중학교 시절 이야기를 알아냈던 것이다.

아야노코지
With Ayanokoji

아야노코지에 대한
강한 집착

「8년 하고도 4개월만」, 「소꿉친구 같은 관계」라고 말하면서 아야노코지에게 집착한다. 체스를 즐기게 된 것도 그의 영향이다. 선발 종목 시험의 체스에서 이기지만, 부정 개입이 있기 전의 판부터 재대결하게 되고 아야노코지를 천재로 인정한다.

카츠라기 코헤이

사카야나기 반

학 적 번 호
S01T004666

반
1-A (사카야나기 반)

동 아 리
무소속

생 일
8월 29일

Kouhei Katsuragi

전두 탈모로 고등학생 같지 않고 무섭게 생겼지만, 언행은 신사적이고 의리가 강하다. 냉철한 판단력과 신중한 성격으로 A반을 이끌지만, 가치관이 다른 사카야나기와 파벌 싸움을 벌인다. 자신을 잘 따르던 토츠카를 퇴학으로 내몬 사카야나기에게 원한을 품는다.

내가 사카야나기에게 참을 수 없는 분노를 느낀다는 뜻이다

능력 평가

7/1시점

학력은 학년에서 최고 수준. 선발 종목 시험 때 플래시 암산 종목에서 활약하며 뛰어난 계산 실력을 선보였다. 초등학교, 중학교 때 학생회에서 활동했고, 고도 육성 고등학교에 입학해서도 학생회에 들어가기를 희망했지만, 나구모에게 포섭당할 것을 염려한 호리키타 마나부에게 거절당한다.

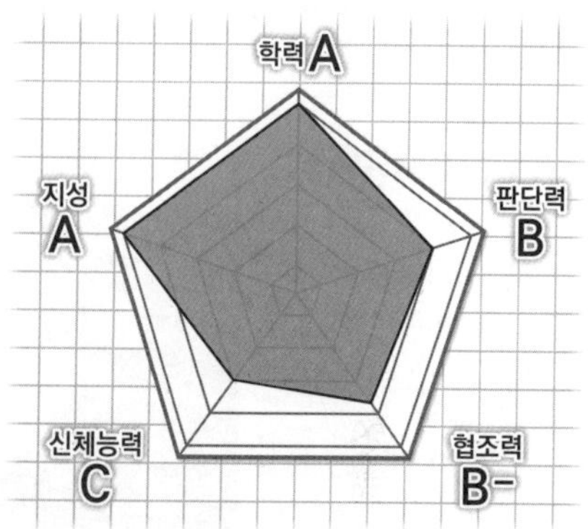

학생조사서

리더 자리를 둘러싸고
사카야나기와 대립

체육대회 때까지는 반을 이끌었지만, 류엔과 손잡는 등 실책이 이어지며 리더 자리를 잃는다. 사카야나기 앞에서 부끄러움을 느끼지만, 선발 종목 시험 전에 유키무라로부터 협력 요청을 받았을 때도 A반을 생각하여 최소한의 정보만 흘렸다.

가족을 위해서라면
규칙을 어기기도

고도 육성 고등학교는 외부와의 연락을 제한하지만, 아야노코지와 스도의 도움을 받아 외부에 있는 쌍둥이 여동생에게 생일선물을 한다. 마음 따뜻한 오빠로서의 일면이 있고, 때에 따라서는 규칙 준수를 고집하지 않는 유연함도 가졌다.

사카야나기 반

하시모토 마사요시

학적 번호
S01T004690

반
1-A (사카야나기 반)

동아리
테니스부

생일
4월 24일

언뜻 보기에는 경박하지만, 사교성이 좋고 집단에 잘 녹아든다. 사카야나기 파 중 한 명으로 활동 중인데, 자신이 확실하게 A반으로 졸업하기 위해 단독으로 움직이기도 한다. 뒤로 칸자키, 류엔, 아야노코지 등 다른 반 학생과도 인맥을 쌓았다.

좋든 나쁘든, 능한 처세술만이 장점이야

카무로 마스미

학 적 번 호
S01T004714

반
1-A (사카야나기 반)

동 아 리
미술부

생 일
2월 20일

입학 직후 스릴감을 느끼고 싶어 물건을 훔치다가 사카야나기에게 목격당하면서, 협박으로 사카야나기 파가 된다. 사카야나기의 지시에 따라 미행과 정보 수집을 하고, 몸이 불편한 사카야나기의 수족이 되어 움직인다. 휴일에 케야키 몰에서 만나기로 약속하는 등 사카야나기가 마음에 들어 하는 눈치다.

토츠카 야히코

한심한 성적을 받으면 카츠라기 씨가 실망할 테니까

카츠라기를 잘 따르는 카츠라기 파 학생. 무인도 시험 때 부주의로 리더라는 사실을 아야노코지에게 들키고 만다. 반 내부 투표 때 사카야나기를 거스른 본보기로 퇴학당했다.

학 적 번 호	S01T004681
반	**1-A** (사카야나기 반)
동 아 리	무소속
생 일	5월 12일

Yahiko Totsuka

키토 하야토

아니── 네가 아마추어 집단한테 바짝 쫓기고 있는 것뿐이야

학 적 번 호	S01T004664
반	**1-A** (사카야나기 반)
동 아 리	NO DATA
생 일	4월 4일

Hayato Kito

사카야나기 파로 하시모토, 카무로와 같이 다닐 때가 많다. 뛰어난 신체 능력을 갖춘 무투파로 사카야나기의 보디가드 역할을 맡았다. 평소에 하얀 장갑을 끼고 있다가 싸울 때 벗는다.

IIIII 1-A IIIII
그 밖의 학생
Classroom of Sakayanagi

이시다 유스케 Yusuke Ishida

선발 종목 시험에서 수학 테스트에 참가.

사와다 야스미 Yasumi Sawada

선상 시험에서 축(丑, 소) 그룹이었다.

사토나카 사토루 Satoru Satonaka

1학년 여학생들이 매긴 훈남 랭킹에서 1위를 차지했다. 선발 종목 시험의 영어 테스트에 참가.

시미즈 나오키 Naoki Shimizu

같은 반 니시카와에게 고백했다가 차인다. 선상 시험에서는 축(丑, 소) 그룹에 속했다. 선발 종목 시험 때는 농구에 출전.

시마자키 잇케이 Shimazaki

선발 종목 시험에서 수학 테스트에 참가.

타케모토 시게루 Shigeru Takemoto

선상 시험에서 묘(卯, 토끼) 그룹이었다.

스기오 히로시 Hiroshi Sugio

선발 종목 시험에서 영어 테스트에 참가.

타미야 에미 Emi Tamiya

선발 종목 시험에서는 자신있는 플래시 암산에 참가.

타니하라 마오 Mao Tanihara

선발 종목 시험에서 영어 테스트에 참가.

츠카지 시호리 Shihori Tsukaji

선발 종목 시험 때 영어 테스트에 참가.

츠카사키 타이가 Taiga Tsukasaki

히라타와 견주어도 손색없을 만큼 여학생 사이에 인기가 많은 남학생. 같은 동아리 선배와 사귀고 있다. 선발 종목 시험에서는 수학 테스트에 참가.

나카지마 리코 Riko Nakajima

선발 종목 시험 때 영어 테스트에 참가.

토바 시게루 Shigeru Toba

선발 종목 시험에서 농구에 출전.

니시카와 료코　Ryoko Nishikawa

시미즈에게 고백받은 것을 반 여학생들에게 들켰다. 선상 시험에서는 진(辰, 용) 그룹. 선발 종목 시험 때는 수학 테스트에 참가했다.

마치다 코지　Koji Machida

성격이 강하고 이기적이다. 선상 시험 때 묘(卯, 토끼) 그룹의 A반 대표로 발언했다.

모리시게 타쿠로　Takuro Morishige

카츠라기 파였다가 무인도 시험 때 반기를 들고 사카야나기 파로 바꾼다. 묘(卯, 토끼) 그룹으로 참가한 선상 시험에서는 사카야나기를 위해 포인트를 획득하려고 그룹을 배신하지만, 우대자를 놓친다. 선발 종목 시험에서 수학 테스트에 참가.

야노 코하루　Koharu Yano

선상 시험에서 진(辰, 용) 그룹.

요시다 켄타　Kenta Yoshida

선상 시험에서 축(丑, 소) 그룹. 선발 종목 시험 때는 타이핑 기능에 참가해 소토무라와 대결했다. 83점을 받아서, 90점을 받은 소토무라에게 진다.

록카쿠 모모에　Momoe Rokkaku

혼합 합숙 때 이치노세와 같은 소그룹이었다. 선발 종목 시험에서는 영어 테스트에 참가했다.

니시 하루카　Haruka Nishi

선상 시험에서 축(丑, 소) 그룹. 혼합 합숙 때는 이치노세와 같은 소그룹에 속했다.

후쿠야마 시노부　Shinobu Fukuyama

선발 종목 시험 때 영어 테스트에 참가.

마토바 신지　Shinji Matoba

혼합 합숙 때 A반이 메인인 소그룹을 짰다. 선상 시험에서는 진(辰, 용) 그룹이었고, 선발 종목 시험에서는 수학 테스트에 참가했다.

모토도이 치카코　Chikako Motodoi

테니스부 소속. 하시모토에게 호감이 있어서 밸런타인데이 때 초콜릿을 주었다. 혼합 합숙 때는 이치노세와 같은 소그룹 소속. 선발 종목 시험에서는 영어 테스트에 참가했다.

모리미야　Morimiya

선상 시험 때 그룹 집합 장소 근처에 있으면서 스마트폰에 뭔가를 입력했다.

야마무라 미키　Miki Yamamura

선발 종목 시험에서 수학 테스트에 참가.

1학년 총평 General Comment of the First-year

반 리더

사카야나기 아리스

**1학년 종료 시점의
잠정 반 포인트**

1,131 포인트

특별시험의 대응

카츠라기가 주도했을 때는 반 포인트가 떨어지다가
사카야나기가 반을 장악한 후로는 페이퍼 셔플, 선발 종목 시험에서 승리.
리더 교체에 성공했다.

1년 총괄

반 내 파벌 싸움 때문에 다소 뒤늦게 출발한 감은 있지만,
평소에 감점 대상이 될 행동을 하지 않는다.
그 영향도 있어서 1학년이 끝난 시점에 1,000포인트를 웃도는 결과를 남겼다.

반의 강점

A반에는 우수한 학생이 모여 있기 때문에
리더가 반 학생들을 적재적소에 배치하면 안정적으로 실력을 발휘할 수 있다.
크게 무너지지 않는다는 점이 높이 평가할 만한 포인트.

앞으로 남은 과제

사카야나기는 전략을 전부 공유하지 않아서,
통솔은 되지만 아무도 그 진짜 의도를 헤아릴 수 없다.
반 내부 투표도 화근을 남기는 결과가 되어서, 반이 잘 단합된다고 말할 수는 없는 상태.

만약 OAA가 있었다면

2학기 시점의 OAA 평가

2020년 『어서 오세요 실력지상주의 페스타에 in Akihabara』, 2022년 전국
서점에서 개최한 페어에서 배포했던 특전 정보입니다. 2학년 편부터 도입된
OAA(over all ability)가 만약 1학년 2학기 때부터 있었다면 어땠을지 정리했습
니다. 또 아야노코지와 주요 등장인물의 특기와 좋아하는 것 등도 소개합니다.

OAA 보는 법

학력 주로 필기시험 점수로 산출

신체 능력 체육 수업의 평가, 동아리에서의 활약, 특별시험 등의 평가로 산출

기지 사고력 친구가 많은가, 소통 능력과 임기응변이 뛰어난가 등 사회에서의 적응력을 평가해 산출

사회 공헌도 수업 태도, 문제행동의 유무, 학교에 대한 공헌 등 다양한 요소를 통해 산출

종합 능력 위의 네 가지 수치를 통해 산출
※종합 능력의 구체적 계산법
(학력+신체 능력+기지 사고력+사회 공헌도×0.5)
÷350×100 으로 산출(사사오입)

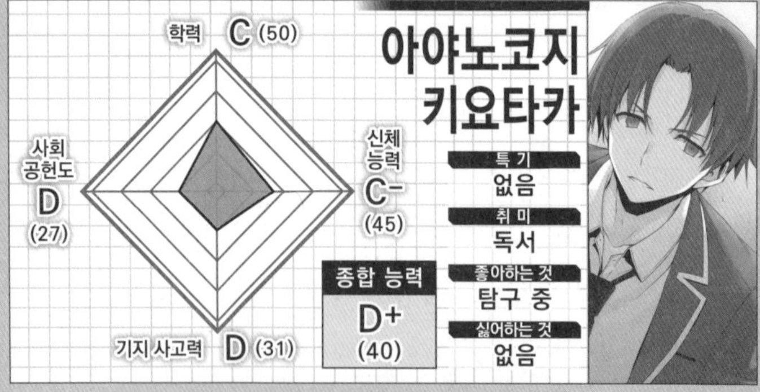

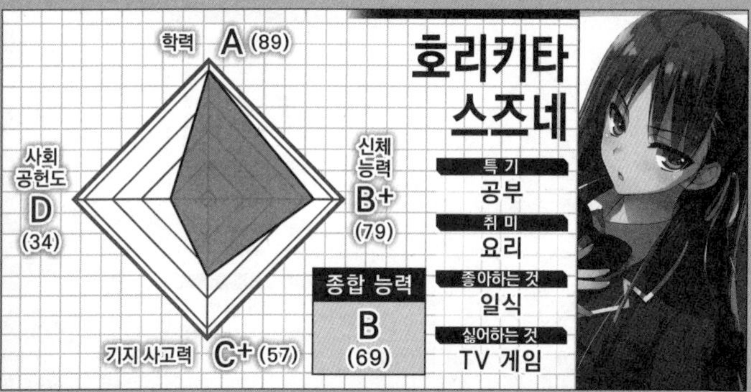

학력   A (89)
사회 공헌도   D (34)
신체 능력   B+ (79)
기지 사고력   C+ (57)
종합 능력   B (69)
호리키타 스즈네
특기   공부
취미   요리
좋아하는 것   일식
싫어하는 것   TV 게임

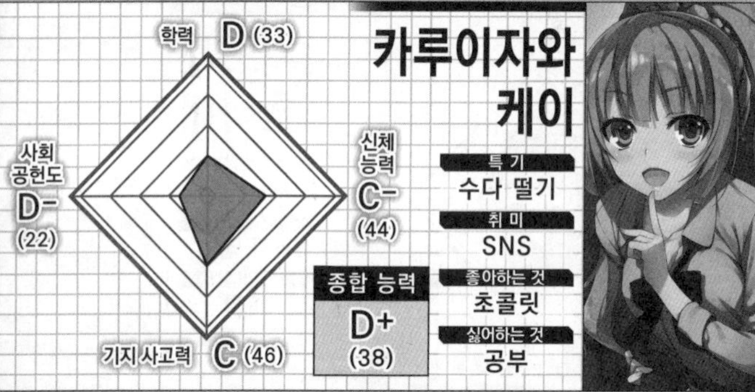

학력   D (33)
사회 공헌도   D⁻ (22)
신체 능력   C⁻ (44)
기지 사고력   C (46)
종합 능력   D+ (38)
카루이자와 케이
특기   수다 떨기
취미   SNS
좋아하는 것   초콜릿
싫어하는 것   공부

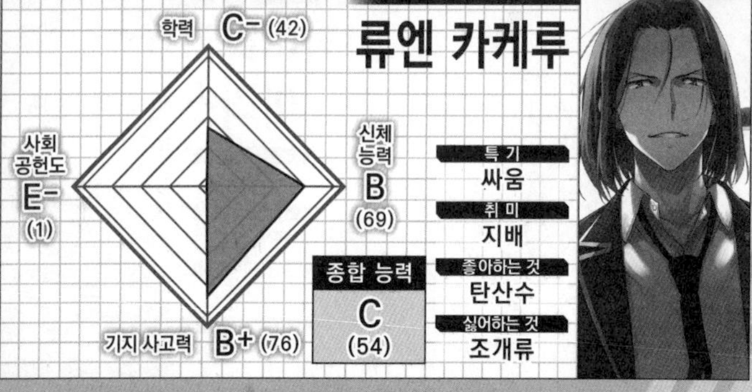

학력   C⁻ (42)
사회 공헌도   E⁻ (1)
신체 능력   B (69)
기지 사고력   B+ (76)
종합 능력   C (54)
류엔 카케루
특기   싸움
취미   지배
좋아하는 것   탄산수
싫어하는 것   조개류

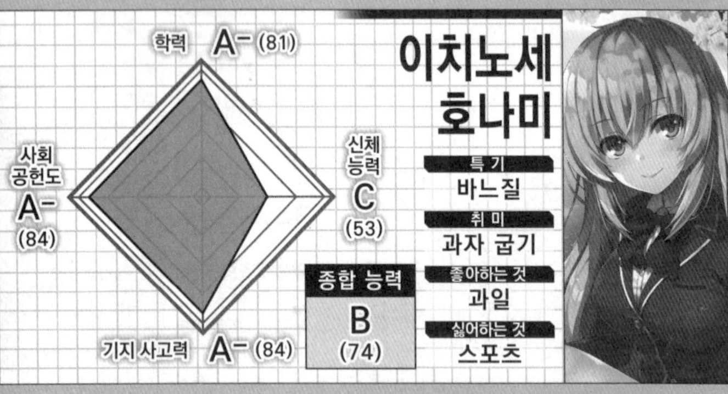
학력   A- (82)
신체
능력
D
(29)
사회
공헌도
C-
(44)
종합 능력
C-
(45)
기지 사고력   D- (23)
시이나
히요리
특기
암기
취미
독서
좋아하는 것
계란말이
싫어하는 것
전자책

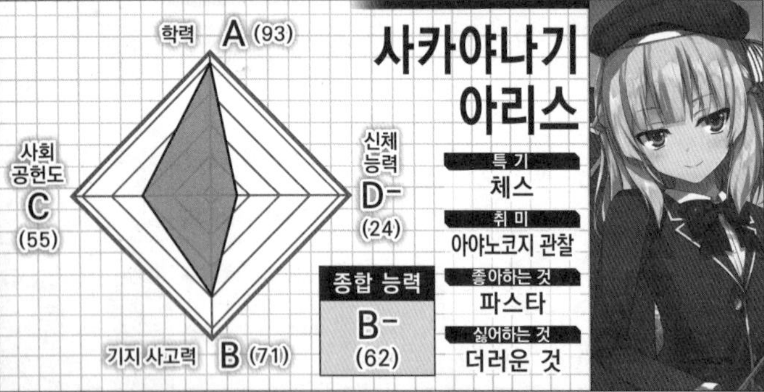
학력   A- (81)
신체
능력
C
(53)
사회
공헌도
A-
(84)
종합 능력
B
(74)
기지 사고력   A- (84)
이치노세
호나미
특기
바느질
취미
과자 굽기
좋아하는 것
과일
싫어하는 것
스포츠

학력   A (93)
신체
능력
D-
(24)
사회
공헌도
C
(55)
종합 능력
B-
(62)
기지 사고력   B (71)
사카야나기
아리스
특기
체스
취미
아야노코지 관찰
좋아하는 것
파스타
싫어하는 것
더러운 것

2~3 학년

호리키타 마나부

2~3학년

학적 번호
S01T004396

반
3-A

동아리
NO DATA

생일
4월 24일

　3학년 A반 리더로, 1학년 겨울부터 3학년 가을까지 학생회장을 맡았다. 역대 최고 학생회장으로 평가받는 실력자. 어린 시절부터 학업과 스포츠 등 모든 분야에서 최고였고, 무술에도 정통하다. 내면이 강하고 솔직하여 재학생들의 존경을 한 몸에 받았다. 통찰력도 뛰어나 아야노코지가 동생 스즈네를 뒤에서 조종하고 있다는 사실을 일찌감치 간파하고, 동생을 학생회에 영입하는 등의 조건으로 아야노코지에게 협력한다.

학생조사서

반 아이들을 위해서라면
희생도 마다하지 않는다

　혼합 합숙에서 나구모의 책략으로 자기 반 타치바나가 퇴학의 위기에 몰리자 큰 대가를 치르고 퇴학을 면하게 한다. 그 결과 3학년 B반에 거의 따라잡히게 되지만, 자기 반 학생들의 신뢰가 두터워 그 결단을 아무도 비난하지 않았다.

스즈네의 숨겨진 능력을
믿고 있기에 한 행동

　속으로는 스즈네의 재능에 기대를 걸고 있지만, 자신의 환영에 너무 얽매이지 않길 바랐기 때문에 일부러 쌀쌀맞게 대한다. 나중에 스즈네와 화해한다. 졸업하면서 아야노코지에게 「학생들의 기억에 남는 학생이 되어라」라는 말을 전한다.

타치바나 아카네

학 적 번 호
S01T004461

반
3-A

동 아 리
NO DATA

생 일
5월 6일

3학년 A반. 학생회 서기를 맡았고 마나부의 신뢰도 두텁다. 혼합 합숙 때 나구모의 책략으로 퇴학 위기에 빠지지만, 3학년 A반의 뜻에 따라 구제받았다. 아야노코지가 마나부에게 무례하게 굴어서 분노하면서도 마나부가 아야노코지를 의식하는 이유를 알고 싶어 한다.

나구모 미야비

학적 번호
S01T004542

반
2-A

동아리
전 축구부

생일
NO DATA

호리키타 마나부의 뒤를 이어 학생회장이 된 후 학교를 더욱 실력주의로 바꾸겠다고 나선다. 용모 단정하고 성적이 우수하며 2학년 전체를 장악할 만큼 카리스마도 있다. 높이 평가하던 마나부가 1학년 중에서 관심을 보인다는 이유로 아야노코지에게 흥미를 느끼고 그의 실력을 알아보려고 한다.

2~3학년

아사히나 나즈나

뭐, 열심히 해서 미야비에게 한 방 먹여봐. 조금은 기대하고 있을게

나구모와 같은 2학년 A반. 나구모와 친하지만 숭배하는 것은 아니다. 소중히 여기는 부적을 주워준 아야노코지에게 보답하고 싶은 마음에 나구모에 관한 정보를 제공한다.

학 적 번 호	S01T004570
반	2-A
동 아 리	NO DATA
생 일	1월 6일

키리야마 이쿠토

곁에서 이 악물고 있을 수밖에 없는 그 비참함을 알아?

전에는 A반이었지만 지금은 B반인 부회장. 나구모에게 협력하는 척하면서 그를 끌어내리려고 한다. 호리키타 마나부를 통해 아야노코지와 안면을 트고 아야노코지의 의뢰로 게시판에 1학년 비방글을 올린다.

학 적 번 호	NO DATA
반	2-B
동 아 리	NO DATA
생 일	NO DATA

|||| OTHERS |||| 다른 학년 학생들
2nd to 3rd grade

|||| 2-A ||||
토노카와
Tonokawa

나구모가 학생회장에 취임했을 때 학생회 서기가 되었다. 나구모에게 의견을 낼 수 있는 몇 안 되는 학생.

|||| 2-A ||||
미조와키
Mizowaki

학생회 서기. 나구모와 고락을 같이했다. 토노카와와 더불어, 나구모에게 의견을 낼 수 있는 몇 안 되는 학생.

|||| 3-A ||||
후지마키
Fujimaki

체육대회 때 홍팀의 총지휘를 맡았다. A반의 넘버 2.

|||| 3-B ||||
이카리 모모코
Momoko Ikari

혼합 합숙 때 소그룹 책임자를 맡았다. 나구모의 제안으로 일부로 최하위가 되고, 평균점 커트라인을 넘지 못한 페널티를 받아 타치바나를 길동무 삼아 퇴학 처분을 받는다. 미리 이시쿠라가 나구모에게 받아두었던 포인트를 써서 구제된다.

|||| 3-B ||||
이시쿠라
Ishikura

농구부. 혼합 합숙 때 나구모, 아야노코지와 같은 대그룹에 속했다.

|||| 3-C ||||
아야세 나츠
Natsu Ayase

혼합 합숙 때 호리키타, 쿠시다가 속한 대그룹의 책임자였는데, 여자 그룹 1위에 빛났다.

|||| 3-B ||||
츠노다
Tsunoda

혼합 합숙 때 이시쿠라와 같은 소그룹이었다.

|||| 3-D ||||
기출문제를 제공해 준 선배

식당에서 무료인 산채정식을 먹던 중 아야노코지가 말을 걸어서, 1학년 때 중간고사와 쪽지 시험 기출문제를 판다.

|||| 3-C ||||
니노미야 쿠라노스케
Kuranosuke Ninomiya

혼합 합숙 때 호리키타 마나부도 속했던 대그룹의 책임자였는데, 남자 그룹 1위에 빛났다.

|||| 기타 |||||
(소속 반 불명)
하시가키
Hashigaki

동아리 입부 설명회 때 궁도부를 소개한 여학생. 궁도부 주장.

|||| 3-D |||||
기출문제를 제공해 준 선배의 여자친구

휴일이면 남자친구와 땡땡이 스트라이프 커플옷을 입고 케야키 몰에서 데이트를 즐긴다.

학생회 안내

권력

학생회의 권력은 학생회장에 좌우된다

학생회에는 일정한 권한이 주어진다. 호리키타 마나부는 스도 폭력 사건 때 심의회에 참석했고, 나구모 역시 혼합 합숙 때 규칙을 정하는 일에 관여했다. 무인도에서 치른 특별시험도 옛 학생회의 아이디어를 축으로 삼은 것이다.

학 생 회 장

전통을 지키는 호리키타 마나부와 혁신을 지향하는 나구모

호리키타 마나부는 학교의 전통을 지키는 데 중점을 두면서 총선거를 12월에서 10월로 변경하고 더 좋은 학교를 만들기 위해 노력했다. 반면 새 회장 나구모는 실력 있는 학생이 더 위로 올라가는 진정한 실력주의의 학교를 만들겠다고 선언했다.

학 생 회 입 부

입부 방법은 학생회 면접

4~6월 말 사이나 10월 학생회 면접에 합격하면 1학년이라도 입부 가능하다. 예년에는 1학년을 2~3명 뽑는다. 이치노세와 카츠라기가 면접을 보지만, 호리키타 마나부가 불합격을 준다. 우수하나 순수한 카츠라기와 이치노세가 나구모의 영향을 받을까 봐 우려했기 때문이다. 후에 이치노세는 나구모의 한마디로 입회를 인정받았다.

●학생회 간부

학생회장: 호리키타 마나부
부회장: 나구모 미야비
서기: 타치바나
그 외: 키리야마 이쿠토
　　　 이치노세 호나미 등

10월 학생회 선거 이후
↓
학생회장: 나구모 미야비
부회장: 키리야마 이쿠토
서기: 미조와키, 토노카와
그 외: 이치노세 호나미 등

2학년 때는 이 인물이 활약?!

1학년 때 능력을 발휘하는 장면이 적었던 학생 중, 앞으로 활약이 기대되는 학생을 추려 보았습니다.

코엔지 로쿠스케

운동 신경과 학력이 우수하고, 입학 전 사전 조사에서는 몇 년에 한 명 나오는 수준의 잠재력을 가진 수재로 평가받았다. 지금까지 치른 특별시험에서는 비협조적이었지만, 2학년이 되면 능력을 발휘하게 될까.

칸자키 류지

이치노세의 오른팔. 선발 종목 시험 후 류엔에게 앞으로 또 비열한 짓을 저지른다면 가만히 있지 않겠다고 선언했다. 1학년 때는 이치노세를 지원하는 역할에 충실하던 칸자키였는데 앞으로는 과연 어떻게 행동할 것인가?

하시모토 마사요시

A반 졸업을 목적으로 움직이는 하시모토. 그래서 류엔, 칸자키 등 각 반에 인맥을 만들어 두었다. 지금은 사카야나기 파지만, 누군가가 사카야나기를 뛰어넘는다면 그녀를 배신하는 것도 마다하지 않을 생각이다.

학교 관계자 · 그 외

차바시라 사에

반
1-D (호리키타 반)

생 일
5월 20일

D반 담임이고 담당 교과목은 일본사. 중간고사 때 시험 범위가 바뀐 것을 일부러 알려주지 않았던 것처럼, 자기 반 학생들을 따돌리는 듯한 언행이 눈에 띈다. 사실은 고도 육성 고등학교 졸업생으로 현재 A반 담임인 마시마, B반 담임인 호시노미야와 동급생이다. 과거에 사소한 실수를 저지르면서 A반이 되지 못하고 꿈도 무너졌기에 지금은 자기가 맡은 반을 A반으로 올리는 데 집념을 불태우고 있다.

직원조사서

D반 담임이라는 지위에서
벗어나기 위해 암약

사카야나기 이사장으로부터 아야노코지의 사정을 듣고, 그를 퇴학시키고 싶어 하는 아버지로부터 지켜주는 대신 실력을 발휘하라고 협박한다. 담당 반의 A반 승격이라는 야망을 포기하지 못하고, 거짓말로 아야노코지를 이용하려고 획책했다.

2학년을 앞두고
학교 측을 감시

아야노코지가 선발 종목 시험의 체스 대결에서 졌을 때, 츠키시로 이사장 대행이 승부 결과에 관여했다는 사실을 알고 마시마와 함께 아야노코지를 돕기로 결의. 츠키시로 이사장 대행의 월권행위와 방해 공작을 잘 감시하기로 약속했다.

호시노미야 치에

반
1-B (이치노세 반)
생 일
2월 1일

1학년 B반 담임을 맡은 보건교사. 싹싹한 성격으로 학생들 사이에 인기가 높다. 다만 술버릇이 나쁘고, 취한 모습이 학생들에게 목격되기도 한다. 고도 육성 고등학교 졸업생이고 차바시라, 마시마와 동급생이었다. 차바시라에게 라이벌 의식이 있으며 하극상을 염려해 넌지시 속을 떠보곤 한다.

마시마 토모야

학생에게 가르치는 걸 교사가
안 지키면 어쩌자는 거야

1학년 A반 담임이고 담당 교과목은 영어. 공평성을 중시해서, 어떤 학생을 대할 때든 일정 거리를 유지한다. 사카야나기 이사장을 통해 아야노코지의 상황을 알고 그에게 협력할 것을 받아들인다.

담 당 반 **1-A** (사카야나기 반)

생 일 2월 16일

사카가미 카즈마

울어서 용서받을 줄 알았다면, 너의
책략이 정말 바보 같았다는 뜻이야

1학년 C반 담임. 자기 반을 편드는 모습이 보이는데, 스도 폭력 사건 때는 이시자키 무리를 변호하고, D반을 계략에 빠트리려고 하는 류엔을 도왔다.

담 당 반 **1-C** (류엔 반)

생 일 12월 7일

학교 관계자 · 그 외

사카야나기 이사장

**난 이 학교의 책임자로서
규칙 내에서 학생들을 지킬 거야**

고도 육성 고등학교의 이사장이자 사카야나기 아리스의 아버지. 일찍이 아야노코지의 아버지와 교류가 있어서 예전부터 알던 아야노코지의 입학을 독단 허가한다. 부정 혐의를 받고 휴직을 면치 못한다.

Board Chairman Sakayanagi

직　　함	이사장
생　　일	NO DATA

아야노코지의 아버지

**넌 언젠가 나를 뛰어넘어 일본을
움직일 존재가 되어야 한다**

아야노코지 키요타카의 아버지. 천재 육성을 목적으로 한 교육 기관 화이트 룸의 책임자. 화이트 룸이 일시 중단되었을 때 독단으로 고도 육성 고등학교에 입학한 키요타카를 다시 데리고 돌아가려고 한다.

Ayanokoji's father

직　　함	NO DATA
생　　일	NO DATA

츠키시로 이사장 대행

스스로 그만두지 않으면 앞으로 학교생활이 힘들어질 겁니다

사카야나기 이사장을 대신해 임시로 이사장을 맡았다. 아야노코지의 아버지로부터 키요타카를 퇴학시키라는 밀명을 받았다. 선발 종목 시험 때 체스 종목에 개입하여 키요타카의 프로텍트 포인트를 빼앗는다.

Acting Chairman Tsukishiro

직 함	이사장 대행
생 일	NO DATA

마츠오 부자 (父子)

NO DATA...

Matsuo Parent and Child

직 함	NO DATA
생 일	NO DATA

아야노코지 집안의 집사로 「아버지의 손아귀에서 벗어날 수 있는 유일한 학교」라며 키요타카에게 고도 육성 고등학교 진학을 제안했다. 그 결과, 아야노코지 아버지의 화를 산 마츠오는 분신자살하고 아들도 일자리를 잃었다고 아버지가 직접 키요타카에게 말했다.

The Tokyo Metropolitan
Advanced Nurturing High School

School Guide

··· 규칙위반 ···

교사의 개입은
인정하지 않는다

교사가 학생 간의 문제나 특별시험에서 반의 행동에 과도한 개입을 하는 행위는 이 학교에서 긍정적으로 여겨지지 않는다. 특정 반에 지나치게 치우칠 경우 때에 따라서는 월급 삭감 등의 처분을 받는다.

··· 실력주의 ···

교사끼리도 경쟁하는
고도 육성 고등학교

졸업 시의 담당 반으로 평가가 정해지는 만큼 교사들도 학생과 마찬가지로 경쟁한다. 그래서 교사들도 서로를 라이벌로 보는 일면이 있다. 다만 하위 반이 위로 올라가기 어려운 것이 현실이다.

··· 교사의입장 ···

지도 방침과 이사의 역할

●그 외 교직원

교장
7권에서 등장. 60세 전후의 남성. 아야노코지 아버지 앞에서는 고개를 들지 못한다.

히가시야마
체육교사. 수영부 고문.
1권 수영 수업에서 등장.

보건교사
체육 대회 때 보건실에서 근무했다.

학교의 지도 방침을 결정하는 역할을 맡는 사람은 이사다. 학교에는 많은 교사가 근무하고 있지만, 기본적으로는 이사의 지도 방침에 따른다. 사카야나기 이사장을 대신해 온 츠키시로가 추가 특별시험을 시행하기로 정했을 때도 교사들의 반대를 무릅쓰고 실행에 옮길 수 있었던 것은 그런 까닭이다. 한편 츠키시로가 이사장 대리로 온 것에는 아야노코지의 아버지가 관여하였다.

사복 컬렉션

Casual Clothes Collection

평소에는 교복 차림인 아야노코지와 친구들도,
방과 후나 휴일에는 사복을 입습니다.
이들이 사복을 입은 모습은 어떤지 소개합니다.

이치노세
10권
7.5권
류엔
시이나
11.5권
사카야나기
11권
카루이자와
11.5권

도쿄도 고도 육성 고등학교 활동 보고

The Tokyo Metropolitan
Advanced Nurturing
High School
Activity Report

4월, 고도 육성 고등학교에 입학한 아야노코지와 아이들!
그들이 1년 동안 겪은 특별시험과 학교생활을 되돌아봅니다.

고도 육성 고등학교에 입학한 아야노코지 키요타카는 입학식 날 학교로 가는 버스 옆자리에 있던 흑발 미소녀와 교실에서 다시 만난다. 소녀의 이름은 호리키타 스즈네. 고도 육성 고등학교는 졸업 후 원하는 진로대로 거의 100% 갈 수 있는데, 사실은 A반만 좋은 대우를 받는 실력지상주의 학교로 아야노코지는 『불량품이 모인 곳』이라며 조롱당하는 최하위 D반에 배정되고 말았다. A반을 노리는 호리키타에게 휘말려 아야노코지는 그녀를 돕게 된다.

1권

요 점

철저한 실력주의를 내세우는 학교에서는 정기적으로 치르는 중간고사와 기말고사 때 한 과목이라도 낙제점을 받으면 퇴학당하는 엄격한 교칙이 있다. 아야노코지와 아이들은 입학하고 처음으로 치는 중간고사를 잘 극복할 수 있을까?!

낙제점의 기준

쪽지 시험의 낙제점은 32점. 이를 통해 중간고사 낙제점도 32점 미만으로 추측한다. 쪽지 시험에서는 스도와 이케, 야마우치를 비롯한 7명이 낙제점을 받았……. 그들을 위해서 히라타가 스터디를 추진하지만, 스도와 이케, 야마우치는 스터디 참여를 미룬다. 퇴학자가 나오지 않으려면 스도 무리의 학력 향상이 필수다. 한편, 중간고사는 1교시 사회, 2교시 국어, 3교시 과학, 4교시 수학, 5교시 영어까지 총 다섯 과목을 치른다.

Check **차바시라가 한 말의 위화감**

차바시라는 "이번 시험에서 말하자면" 하면서 쪽지 시험을 예로 들어 32점 미만이 낙제점이라고 알려주었다. '이번'이라면, 중간고사 때는 아닐 가능성이 있을까……? 교사가 한 발언의 이면에 숨겨진 의미를 알아내는 것이 중요하다.

시험 범위의 변경

중간고사 일주일 전에 시험 범위가 변경되었다는 사실이 밝혀졌다. 아야노코지만 유일하게, 중간고사 설명 때 차바시라가 했던 「낙제점을 받지 않고 극복할 방법이 분명 있을 거다」라는 말을 통해 공부 말고도 낙제를 면할 방법이 있는 게 아닌지 의심했다.

Story

1학기 중간고사 세례

퇴학을 면하기 위한 '스터디 모임' 발족과 좌절

입학하자마자 담임 차바시라 사에로부터 S시스템과 학교의 구조 등에 대한 설명을 들은 후, 문제아들만 모인 1학년 D반은 자유분방하게 지낸다. 그러다 한 달이 지나고 월초에 프라이빗 포인트가 들어오지 않았다는 것을 알아차린다. 또한 S시스템의 본질을 안 D반은 원래 1,000점이었던 반 포인트를 전부 잃어버렸다는 사실을 깨닫는다.

그리고 반 포인트에 따라 A~D반으로 반 등급이 바뀌며, 고도 육성 고등학교가 자랑하는 혜택을 받을 수 있는 것은 A반뿐. 중간고사와 기말고사 때 한 과목이라도 낙제점을 받으면 퇴학 처분을 받는다는 말을 듣는다. 우수하면 좋은 대우를 받고 졸업 후 진로도 보장받는 실력주의의 원리 원칙에 대한 설명을 듣지만, 반 포인트를 획득할 방법은 공개되지 않았다. 그래서 학생들은 서로 힘을 합칠 생각을 하지 않았다.

위기감을 느낀 히라타 요스케가 중간고사에 대비한 스터디를 제안하고, 호리키타는 낙제 후보인 바보 삼인조(스도 켄, 이케 칸지, 야마우치 하루키)를 맡기로 한다. 그런데 그들은 시험이야 하루 전날 벼락치기 하면 어떻게든 된다며 대수롭지 않게 여겼고, 아야노코지는 쿠시다 키쿄의 도움을 받아 바보 삼인조를 스터디 모임에 넣지만, 호리키타의 거만한 태도 때문에 스터디 모임은 좌절된다.

아야노코지는 도와준 답례와 사과를 하려고 학교 건물 옥상까지 쿠시다의 뒤를 따라갔다가 거기서 호리키타를 향한 욕설을 쏟아내는 쿠시다의 모습을 목격한다. 의도치 않게 쿠시다의 진짜 모습을 알아버린 아야노코지는 교복의 가슴 부위에 묻은 지문을 빌미로 협박당하고, 비밀을 지킬 것을 맹세한다.

스터디 모임 재결성과 아야노코지의 암약

어느 날 밤, 1학년 기숙사 뒤편에서 호리키타 스즈네가 학생회장 호리키타 마나부와 몰래 만나는 장면을 목격한 아야노코지는 내친김에 남매의 갈등을 중재한다. 그리고 호리키타가 오빠를 좇아 고도 육성 고등학교에 입학했다는 것과 A반을 목표로 한다는 사실을 알게 된다. A반으로 올라가는 것은 자신을 위한 일이고 다른 누가 퇴학당하든 상관없다고 생각하는 호리키타에게 아야노코지는 바보 삼인조를 비롯한 낙제조를 저버린다면 언젠가 후회하게 될지도 모른다고 조언한다. 낙제조를 구제해서 얻는 이익을 말해줌으로써, 호리키타가 스도 무리를 관리할 결심을 하게 만든다. 또 아야코노지는 다시 한번 쿠시다의 협력을 얻어내고, 이기적인 결속일지라도 좌우지간 다시 스터디 모임을 만든다. 호리키타가 수업 시간을 활용하는 공부 방법을 알려주고, 낙제조의 공부에 대한 의식에도 변화가 찾아온다.

그런데 중간고사까지 일주일 정도 남았을 때 사건이 터진다. 낙제조가 도서실에서 스터디를 하고 있는데 1학년 C반 야마와키가 스도에게 시비를 건 것이다. 일촉즉발의 상황이 되었지만, 1학년 B반 이치노세 호나미가 끼어들어 중재해 준 덕분에 무사히 지나간다. 그때 야마와키가 한 말을 통해 아야노코지와 친구들은 시험 범위가 바뀌었다는 사실을 알게 된다. 차바시라에게 따지니 태연한 얼굴로 인정할 뿐 상황은 조금도 나아지지 않는다. 낙제조 사이에 포기하려는 기운이 감도는데, 그때 스도가 동아리 활동을 일주일간 쉬고 공부에만 전념하겠다고 선언한다. 그런 스도에게 감화되어 이케와 야마우치를 비롯한 낙제조도 중간고사에 대비해 다시 의욕을 불태운다.

mini topic

포인트를 얻는 수단은 다양

입학하고 얼마 지나지 않은 4월, 실내 수영장에서 한 수영 수업에서 체육 교사 히가시야마는 1위 한 학생에게 5,000포인트를 주겠다고 선언했다. 결과적으로 남학생은 코엔지, 여학생은 수영부인 오노데라가 1위를 차지한다. 이는 단순한 여흥이 아니라 동아리에서의 활약과 공헌도에 따라서도 포인트를 딸 수 있다는 사실을 파악하는 포석이 되었다.

한편, 아야노코지는 쿠시다와 함께 학생 식당에서 몰래 활약을 펼쳤다. 프라이빗 포인트가 부족한 학생의 구제 조치로 제공되는 무료 산채정식을 주문하는 3학년 D반 남학생에게 접근해 1만 5,000 프라이빗 포인트를 제공하는 대가로 재작년 중간고사 기출문제와 쪽지 시험 답안지를 입수한 것이다. 사실 4월 말에 치른 쪽지 시험에는 2, 3학년으로 올라간 후에 배울 법한 어려운 문제도 포함되어 있었다. 입학한 지 얼마 안 된 1학년이 그 모든 문제를 맞히기란 상식적으로 어렵다. 단, 기출문제를 입수한 학생이라면 반드시 그렇다고도 볼 수 없다. 외운 답을 써넣기만 하면 문제가 아무리 어려워도 정답을 맞힐 수 있기 때문이다. 쪽지 시험은 학력을 알아보기 위함이기도 하지만, 기출문제 입수 방법을 찾을 줄 아는 학생이 얼마나 될지 파악하기 위함이 아닐까 하고 아야노코지는 추측했다. 3학년 선배에게서 입수한 쪽지 시험 답안지를 확인하고, 중간고사 역시 기출문제가 도움이 될 게 틀림없다며, 추측이 확신으로 바뀌었다.

입수한 기출문제를 바로 나눠주면 학생들의 긴장감이 풀려 열심히 공부하는 분위기에 찬물을 끼얹을 것이다. 그렇게 생각한 아야노코지는 기출문제를 시험 전날 쿠시다 키쿄를 통해 D반과 공유한다. 모두 만전의 태세로 시험에 임했……겠지만, 유일하게 스도만은 전날 밤 깜박 잠든 바람에 영어 기출문제를 미리 보지 못했다. 그 결과 스도의 영어 점수는 39점. 낙제를 면하기에 1점이 부족해 퇴학 선고를 받고 만다. 그러나 아야노코지가 1점을 사겠다고 차바시라와 교섭에 나선다. 차바시라가 제시한 10만 포인트는 아야노코지 혼자서는 도저히 낼 수 없는 금액이었지만, 호리키타가 도움을 자청한 덕분에 스도를 퇴학 위기에서 구해낸다. 한편 중간고사를 치르면서, 「자신 이외에는 이해할 필요 없다」라는 생각이 있던 호리키타가 스도에게 사과하는 장면도 보였다. 단합이라고는 찾아볼 수 없는 반이어도 개개인이 성장의 징조를 보였던 1학기 중간고사였다.

해 답

중간고사 기출문제를 입수한 아야노코지는 D반에 공유한다. 기출문제를 암기하면 낙제를 면할 수 있는데…… 스도가 깜박 잠든 바람에 영어 기출문제를 미리 보지 못하고 결국 낙제점을 받고 만다.

기출문제 입수

아야노코지는 차바시라가 했던 「낙제점을 받지 않고 극복할 방법이 있다」라는 발언과 쪽지 시험의 난이도를 통해 어떤 추측을 하고, 3학년 남학생과 교섭하여 기출문제를 손에 넣는다. 쪽지 시험의 내용이 한 글자도 빠짐없이 완전히 똑같다는 사실을 확인하고서, 중간고사도 기출문제가 유효할 것이라고 확신한다. 기출문제를 반에 공유해 긴장감이 풀어지는 것을 피하기 위해, 시험 전날에 기출문제를 공유하기로 한다. 그런데 그 행동이 엉뚱한 결과로 이어져, 스도가 영어 시험에서 낙제점을 받고 만다…….

교섭도 학교 규칙 내에서

아야노코지에게 기출문제를 판 선배는 딱히 놀라지도 않고 무덤덤하게 거래에 응했다. 게다가 입학 직후에 친 쪽지 시험의 답안지를 쭉 보관하고 있던 것을 봐도 기출문제 거래는 학교가 마련한 수단임을 알 수 있다. 진지하게 시험에 임하는 것뿐만 아니라 지혜를 발휘하고 행동하는 것 역시 실력주의를 외치는 학교가 요구하는 요소인지도 모른다…….

시험에 따라 다른 낙제점의 기준

낙제점은 평균 점수를 2로 나누어 산출한다. 소수점 아래는 사사오입한다. 쪽지 시험에서는 32점 미만이 낙제점이었던 반면, 중간고사 영어 과목은 40점 미만. 스도는 39점이어서 낙제점을 받고 말았다. 차바시라가 쪽지 시험의 낙제점을 설명할 때 「이번 시험에서 말하자면」 하고 발언한 것을 봐도 낙제점의 기준이 다 다르다고 추측할 수 있다. 그 가능성을 알아챈 호리키타는 영어 과목에서 일부러 낮은 점수를 받아 스도를 위해 평균 점수를 낮춘다. 그리고 학교 내에서 포인트로 못 사는 것이 없다는 S 시스템을 이용해, 아야노코지와 호리키타는 스도가 영어 시험에서 부족한 1점을 차바시라로부터 사들여 스도의 퇴학을 막았다.

사는 것의 가치

학교 측은 포인트에 관한 사항을 철저하게 명문화했다. 중간고사에서는 1점당 10만 프라이빗 포인트가 필요하지만, 다른 시험에서는 1점의 가치가 똑같다는 듯하다.

스도가 일으킨 폭력 사건

2권

7월 초순, 첫 중간고사를 무사히 마친 1학년에게 주는 보상으로 각 반에 최소 100 반 포인트가 지급되게 되었다. D반은 87 반 포인트. 그런데 문제가 생겨 1학년만 포인트 지급이 늦어지고 있다는 것이다. 스도가 C반 남학생에게 일으킨 폭력 사건 때문이었다. 스도는 정당방위를 주장했지만, 형세는 불리하게 돌아갔다. 사건이 발생했을 때 어떤 기척을 느꼈다는 스도의 증언을 바탕으로, 아야노코지는 쿠시다와 함께 열심히 목격자 찾기에 나섰다.

요 점

스도와 C반 학생 사이에 문제가 생겨 다음 주에 열리는 심의회에서 결론이 나게 되었다. 심의회 결과에 따라 반 포인트가 바뀔 가능성도 있어서, 포인트 지급이 미뤄졌는데…….

특별동에서 일어난 사건

특별동의 사건 발생 현장에는 감시 카메라가 없기 때문에 자세한 상황은 당사자에게 들을 수밖에 없었다. 스도는 자신이 농구부 주전 후보로 뽑힌 것을 시기한 코미야와 콘도로부터 농구부에서 나가라고 협박당했다고 주장. 또 코미야 쪽이 먼저 주먹을 휘둘렀으므로 정당방위로 때렸다고 했다. 반면 C반 코미야와 콘도, 이시자키는 일방적으로 맞아 다쳤다고 호소했다. 실제로 스도는 멀쩡하고 C반 학생들만 다쳤다.

목격자

사건 현장에서 누군가의 기척을 느꼈다는 스도의 말을 믿고, D반은 목격자 찾기에 나선다. 그리고 호리키타의 추리에 따라 사쿠라가 목격자임이 드러난다. 도움을 요청하지만 사쿠라는 거절한다. 스도의 무죄를 증명하려면 새로운 목격자를 찾아야 하는데…….

사쿠라가 가진 문제

사쿠라가 디지털카메라를 수리하러 갔을 때 가게 직원이 음침한 눈으로 쳐다보았다. 그는 그녀가 디지털카메라를 사러 갔을 때도 말을 걸었다고 했는데, 아무래도 직원과의 사이에 어떤 문제가 있는 듯하다…….

Story

스도가 일으킨 폭력 사건

Story Guidance vol. 02

근처에 있었던 목격자와 이치노세의 협력

7월에 들어올 포인트 지급이 보류되었다. 그 원인은 스도와 C반 남학생 사이의 폭력 소동이었다. 스도와 싸운 학생은 같은 농구부 소속인 코미야와 콘도. 그리고 코미야 무리와 같은 반인 이시자키. 세 사람은 스도에게 특별동으로 불려가 일방적 구타를 당해 다쳤다고 학교 측에 호소했다. 스도의 주장은 정반대여서, 다음 주 화요일에 열릴 심의회에서 정당성을 증명하지 않으면 스도는 여름방학 때까지 정학 처분을 받고 반 포인트도 마이너스가 되고 만다. A반 승격에 범상치 않은 의욕을 보이던 호리키타지만 이번 사건 해결에는 소극적이었다. 애초에 이 사건은 스도의 평소 행실이 초래한 일로, 처벌을 받고 반성할 좋은 기회가 아닌가 하는 것

이 그녀의 생각이었다. 그래도 목격자에 대한 단서를 찾은 것은 호리키타의 통찰력 덕분이었다. 쿠시다가 교실에서 목격자에 관한 이야기를 했을 때 사쿠라 아이리만 눈을 깔고 있어서 직접 확인했더니 본인은 인정하지 않았어도 목격자가 틀림없다는 것이다. 쿠시다가 바로 사쿠라에게 접촉을 시도하지만 사쿠

라는 말도 못 붙이게 했다. 그리고 자리를 피하다가 남학생과 부딪치는데 그때 들고 있던 디지털카메라를 떨어트려 고장나고 만다.

한편 아야노코지는 호리키타와 함께 특별동을 찾아 사건 현장에 감시 카메라가 없음을 확인한다. 그때 B반 이치노세가 말을 걸어온다. 사정을 말하니 이치노세는 사쿠라 이외의 목격자를 같이 찾아주겠다고 제안했다.

거짓말에서 시작된 사건이 막을 내린 것은……

사쿠라의 디지털카메라가 망가진 것에 책임을 느낀 쿠시다는 혼자 가게에 가서 수리 맡길 자신이 없다는 사쿠라를 따라 쇼핑몰의 가전제품점에 가준다. 그때 사쿠라의 부탁으로 아야노코지도 동행하는데.

사쿠라가 수리 접수처 앞에서 혐오감을 드러내며 걸음을 멈추고, 접수 용지에 정보를 써넣는 것을 망설이는 모습에 위화감을 느낀 아야노코지는 그녀 대신 자기 이름과 주소를 써넣는다. 그 덕분에 사쿠라와의 거리가 좁혀졌고, 사쿠라는 목격한 사건을 증언하겠다고 약속한다.

다음 날, 등교한 아야노코지는 학교 계단의 층계참에 정보 제공자를 찾는다는 벽보가 붙어 있는 것을 본다. 이치노세의 아이디어인 줄 알았는데, 같은 B반 칸자키가 했다는 모양이었다. 또 이치노세는 학교 홈페이지 게시판에도 정보 제공을 부탁하는 글을 올렸다. 얼마 지나지 않아 이시자키의 중학교 시절 소행에 관한 정보가 들어오고, 이치노세는 정보 제공료로 프라이빗 포인트를 양도하려 하지만 포인트를 보내는 방법을 몰랐다. 아야노코지가 조작 방법을 가르쳐주면서 이치노세의 폰 화면을 보았고, 그녀가 많은 프라이빗 포인트를 가지고 있음을 알게 된다.

심의회에 출석하기로 한 사쿠라는 낯을 많이 가리는 성격 때문에 안절

mini topic

암약하는 아야노코지

　쿠시다, 사쿠라와 가전제품점에 다녀온 아야노코지는 소토무라에게 전화를 걸어 감시 카메라에 관한 정보를 얻는다. 이 시점에서 감시 카메라를 위장하는 계획을 세우고, 교실에서 감시 카메라에 관한 화제를 꺼내거나, 평행선을 달릴 바에야 처음부터 회의를 안 하는 게 나았다고 말하기도 하는 등 호리키타가 결론에 잘 도달할 수 있도록 유도했다.

부절못하는 모습. 아야노코지는 그녀를 밖으로 데리고 나가, 다른 누구를 위해서가 아니라 「자기 자신을 위해」 증언하면 된다고 조언한다.

　심의회 전날 밤, 아야노코지의 방에 쿠시다, 이케, 야마우치가 모였고 쿠시다는 사쿠라가 그라비아 아이돌 시즈쿠와 동일 인물이 아니냐고 지적한다. 그리고 시즈쿠가 운영하는 블로그 댓글란에 집요하게 댓글을 달아대는 스토커 같은 팬이 있다는 사실도 드러났다.

　심의회는 4층 학생회실에서 열렸다. 출석자는 C반에서 코미야, 콘도, 이시자키, 담임 사카가미 카즈마까지 총 4명이고, D반에서는 스도, 호리키타, 아야노코지, 사쿠라, 담임 차바시라까지 5명. 그리고 학생회장 호리키타 마나부와 서기 타치바나 아카네가 동석했다. 심의에서 스도와 C반 학생 중 누가 먼저 불러냈는가, 먼저 싸움을 걸었는지에 대한 주장이 엇갈렸고 입씨름만 하면서 해결에 전혀 진척을 보이지 않았다. 사쿠라의 증언은 신빙성이 부족하다며 받아들여지지 않지만, 그녀가 제출한 디지털카메라 속 사진에 스도가 이시자키를 때린 직후의 장면이 찍혀 있었다. 그 덕에 사쿠라가 그곳에 있었다는 사실은 증명할 수 있었지만 스도의 정당방위까지 증명할 만큼 결정적 단서는 되지 못하고……. 결국 사카가미는 C반의 세 학생에게는 일주일, 그들을 다치게 만든 스도는 이주일의 정학 처분을 내리는 타협안을 제시한다. 하지만 호리키타가 스도의 완전 무죄를 주장함으로써 다음 날 심의가 다시 열리게 된다.

그때까지 스도가 완전 무죄라는 증거를 찾아내기란 어려운 일이었다. 호리키타는 심의에서 결판내기보다는 C반 학생 세 명에게 호소해 고발을 취소해 달라고 할 생각이었다. 우선 이치노세로부터 프라이빗 포인트를 빌려 가전제품점에서 감시 카메라를 구입해 사건 현장에 설치했다. 그리고 쿠시다에게 C반의 세 명을 불러내달라고 한 다음, 학교 측이 감시 카메라를 확인해 이번 사건의 전말을 파악하고 학생들의 동향을 주시하고 있다고 가짜로 믿게 만든다. 퇴학당할까 봐 겁먹은 이시자키 무리는 고발을 취소한다.

한편 사쿠라는 가전제품점의 반입구에서 직원을 만난다. 그가 바로 시즈쿠의 블로그에 댓글을 달아대던 스토커였는데, 사쿠라는 그에게 스토커 짓을 그만하라고 간절히 애원한다. 하지만 그는 적반하장으로 사쿠라를 덮치려 하고 아슬아슬한 순간 아야노코지와 이치노세가 구해주면서, 폭력 사건과 함께 이 문제도 해결된다.

해 답

사쿠라의 협력을 얻어내지만, 첫 심의에서는 스도의 무죄를 증명하지 못했다. 완전 무죄를 얻어내기 위해 호리키타는 어떤 작전을 써서 C반 학생이 고발을 취소하게 만든다.

학생회가 여는 심의회

학생회는 학생들 사이의 다툼을 해결하기 위해 당사자와 그 반 담임을 모아 심의회를 열고 문제를 매듭짓는다. 심의회에서는 학생회의 주도로 당사자들의 의견을 듣는다. 그런데 스도와 C반 학생들 사이에서 일어난 다툼의 규모로 볼 때 학생회장 호리키타 마나부가 입회한 것은 유례가 드문 일이었다. 마나부는 원칙상 심의회에 입회하는 것이 이상적이라고 보았고, 이번 심의회에 입회한 것도 그런 이상 때문이었다.

심의회 의사록

C반의 주장	스도가 불러서 갔고, 일방적으로 맞았다. 이시자키는 신변 보호 차원에서 데려간 것이다.
D반의 주장	코미야와 콘도가 불렀다. C반이 먼저 시비 걸어서 정당방위로 때린 것이다.
사쿠라의 목격 증언	C반 학생이 먼저 스도에게 주먹을 날렸다.
제안	사쿠라의 목격 증언만으로는 결정적 단서가 부족하므로, C반 담임 사카가미는 스도에게 정학 2주, C반 학생에게 정학 1주라는 처분을 내릴 것을 제안한다.

재심의 때 결판을

결론이 나지 않아 다음 날 재심의 때 결판 내기로 한다. 그때까지 증언이 거짓이라는 증거를 찾거나 잘못을 인정한다는 의사 표시가 없으면 가진 증거만으로 판결을 내리게 된다. 그럴 경우, C반 학생이 다친 만큼 스도에게 무거운 판결이 내려질 것이다.

호리키타의 작전

호리키타 일행은 모형 감시 카메라를 사서 사건 현장에 설치한다. 그런 다음 C반 학생을 사건 현장으로 불러 그 모형 감시 카메라가 진짜라고 믿게 만들고, 허위 주장을 계속 펼친다면 퇴학당할 거라고 경고해 사건 고발을 취소하게 만든다. 그 후 C반 학생이 다른 학생에게 상의하지 못하도록 그들이 학생회실에 들어갈 때까지 지켜보았다.

사쿠라와 스토커

사쿠라의 블로그에 달린 댓글은 마치 사쿠라를 가까이에서 지켜보는 스토커 같은 느낌의 내용이었다. 댓글과 디지털카메라를 고치러 갔을 때의 상황을 통해 아야노코지는 가전제품점 직원이 블로그에 과격한 댓글을 단 인물이라고 추측한다. 사쿠라는 디지털카메라를 사러 갔을 때 신분을 들키면서 가전제품점 직원에게 스토킹을 당했던 것이다. 아야노코지는 현관에서 사쿠라가 했던 "열심히 해볼게. 용기를 내서"라는 말에, 그녀가 스토커와 결판을 내려고 한다는 것을 눈치챈다. 스마트폰에 친구로 등록된 상대의 위치 추적 서비스를 이용해서, 스토커에게 공격당할 뻔한 사쿠라를 구해낸다.

8월

무인도에서의 서바이벌 시험

3권

1학기 기말고사를 무사히 마치고 여름방학을 맞이한 1학년을 위해 학교 측에서 준비한 것은 초호화 유람선을 타고 떠나는 2주간의 크루즈 여행이었다. 그런데 이는 단순한 바캉스가 아니었다. 고도 육성 고등학교가 소유한 무인도를 무대로 올해 첫 특별시험을 실시하게 된 것이다. 이 특별시험의 테마는 『자유』. 앞으로 일주일 동안 무인도에서 반별로 집단 서바이벌 생활을 하게 된다. 반 포인트를 획득할 기회라는 말에 현재 최하위인 D반 학생들이 술렁이는데…….

요 점

여름방학에 들어가자마자 무인도에서 특별시험을 치르게 되었다. 테마는 『자유』. 집단 서바이벌 생활을 어떻게 할지는 학생들의 재량이다.

특별시험 기본 규칙

규칙 1
무인도에서 일주일간 지낸다.
종료 일시는 8월 7일 정오.

규칙 2
각 반에 시험 전용으로 300포인트씩 지급.
그 포인트로 생활에 필요한 물품을 살 수 있다.

규칙 3
시험 종료 시에 남은 포인트는 반 포인트에 가산된다.

규칙 4
담임은 시험 종료 때까지 자기 반과 함께 움직인다.
매일 오전 8시와 오후 8시에 점호를 하는데,
그때 자리에 없으면 한 사람당 −5포인트.

규칙 5
시험 중에는 GPS를 달고,
착용자의 컨디션을 감시하는 손목시계를 차는 것이 의무.

규칙 6
시험에서 기권하면 한 사람당 −30포인트.

규칙 7
다른 반에 대한 폭력 행위, 약탈 행위, 기물 파손 등을 저질렀을 경우 그 학생이
속한 반은 즉시 실격 처리되고 대상자의 프라이빗 포인트를 전부 몰수한다.

전용 포인트 사용법

전용 포인트로 특별시험을 유리하게 만들 수 있는 것이나 무인도에서 지내는 데 필요한 물품을 살 수 있다. 물과 식량은 물론이고 무전기, 디지털카메라, 제트스키까지 아주 폭넓다. 포인트를 어디에 쓸지도 반의 자유다.

반 포인트를 늘릴 수단

시험이 끝나면 전용 포인트는 반 포인트에 가산되는 만큼, 포인트를 늘릴 방법이 마련되어 있다. 잘 활용하면 반 포인트를 많이 획득할 수 있다!

특별시험 추가 규칙

추가 규칙 1
섬 곳곳에 「스팟」이 설치되어 있다.
스팟을 점유하려면 키 카드가 필요하다.

추가 규칙 2
스팟을 한 번 점유할 때마다 1포인트 보너스.
8시간마다 점유권이 리셋된다.

추가 규칙 3
다른 반이 점유한 스팟을 허락 없이 사용하면 50포인트의 페널티를 받는다.

추가 규칙 4
키 카드를 쓸 수 있는 것은 반에서 뽑은 리더뿐.
키 카드에는 리더의 이름이 적혀 있다.

추가 규칙 5
정당한 이유 없이 리더를 바꿀 수 없다.

스팟을 효율적으로 점유

스팟을 점유할 때마다 시험 종료 시의 포인트가 1포인트 늘어난다. 7일의 시험 기간 동안 효율적으로 스팟을 점유하면 대량의 포인트를 획득할 수 있다. 예컨대 시험을 시작하자마자 스팟 세 곳을 8시간마다 점유했다면 시험이 끝났을 때 50포인트 넘게 들어온다. 다만, 점유 횟수가 많을수록 다른 반에 리더를 들킬 위험도 커진다.

무인도 사전 조사

상륙 전, 학생들을 태운 배가 일부러 섬을 한 바퀴 돌았다. 그때 학생을 갑판에 모이게 하고 「매우 의미 있는 경치를 감상할 수 있다」라는 안내 방송이 나온다. 시험 전에 무인도의 지형을 눈에 익히게 하려고 학교 측에서 마련한 시간이었다.

리더 알아맞히기

시험 마지막 날 점호 때 다른 반 리더를 맞힐 권리가 주어진다. 리더를 들킨 반은 시험이 끝나고 전용 포인트에서 50포인트가 차감된다. 단, 답을 틀리는 반도 전용 포인트가 50포인트 차감된다. 리더를 확실하게 알아맞히려면 리더가 스팟을 점유한 순간을 목격하거나 키 카드에 적힌 이름을 확인할 필요가 있다. 리더를 맞힐 자신이 없다면 지목 권리를 버리는 것도 작전이다.

D반의 내부 분열

학교에서 지급된 간이 화장실과 텐트만으로 생활하고, 시험 중에는 포인트 소비를 억제해서 대량의 반 포인트를 획득하고 싶은 이케 무리. 반면 낯선 서바이벌 생활을 쾌적하게 하기 위해 화장실 등 생활환경을 정비하고 싶은 시노하라 무리. 집단생활인 이상 서로 돕는 것이 중요한데, 양쪽 다 의견을 양보하지 않고 반 분위기가 악화. 전도다난한 출발을 하게 된다.

Story

첫 특별시험은 무인도에서의 서바이벌

출발이 늦은 D반 그리고 각 반의 정세

외딴섬에 상륙해 시험이 시작되자 다른 반은 척척 준비에 들어간 반면, D반은 가설 화장실 설치 등 포인트 사용법을 두고 남녀 사이의 의견이 갈린다. 공동생활을 힘들어하는 호리키타는 이 특별시험에 난색을 드러냈다. 부족한 팀워크를 여실히 드러내며 다른 반에 뒤처지고 만다.

자유분방한 코엔지 로쿠스케는 먼저 가버리고, 아야노코지는 사쿠라와 섬을 탐색하다가 동굴을 발견한다. 몸을 숨기고 상황을 훔쳐보니 A반 카츠라기 코헤이와 토츠카 야히코가 모습을 드러냈고, 카츠라기의 손에 키 카드가 있었다. 스팟 점유권을 얻기 위해 키 카드를 찍은 직후 같아서, 카츠라기와 토츠카 중 한 사람이 리더인 듯했다.

mini topic

움직이기 시작한 차바시라

무인도에서의 특별시험을 치르기 직전인 종업식날, 아야노코지는 차바시라로부터 지도실로 오라는 호출을 받고, 신상에 관한 대화를 나누다가 「한 남자」가 아야노코지 키요타카를 퇴학시키라고 요구했다는 이야기를 듣는다. 실력을 발휘해 A반을 노릴 것인가, 아니면 이 자리에서 퇴학당할 것인가. 둘 중 하나를 선택하라는 협박 때문에 아야노코지는 무인도 시험에 적극적으로 관여한다.

D반은 이케가 스팟으로 지정된 강을 발견해 그 수원을 이용할 수 있는 장소를 베이스캠프로 삼는다. 또 이 시험에서 D반 리더는 호리키타로 정한다. 그런데 식수 문제로 이케와 시노하라가 대립하고 만다.

아야노코지는 사쿠라, 야마우치와 장작을 주우러 갔다가 돌아오는 길에 C반 이부키 미오를 맞닥뜨린다. 뺨이 붉게 부어오른 이부키는 반에서 싸움이 있었다고 털어놓고, 사쿠라 앞에서 멋져 보이고 싶었던 야마우치는 이부키를 D반 베이스캠프로 데려간다.

D반 베이스캠프에서는 이케가 장작에 불 피우는 방법을 가르치고 쿠시다 일행이 따온 과일을 골라내는 등 풍부한 지식으로 큰 활약을 펼친다. 시노하라와 화해하고 포인트 사용 방침도 확실히 정해지자 반 분위기도 점점 나아진다. 그런데 코엔지가 자기 멋대로 기권했다는 사실이 드러나고, 남학생 여학생 모두 코엔지의 행동에 분노를 참지 못한다.

시험 이틀째 되던 날, 아야노코지는 호리키타와 각 반 정찰에 나선다. 해변을 베이스캠프로 삼은 C반은 류엔의 지휘 아래 모든 포인트를 다 써 가며 무인도 바캉스를 즐긴 후 전원 기권하는 『0포인트 작전』을 감행하고 있었다.

B반 캠프에서는 캠프샤워기 등 포인트로 산 것을 이치노세가 친절하게 알려주었다. 호리키타와 이치노세의 협력 관계는 여전히 양호한 듯 보였다. B반 베이스캠프에도 C반에서 추방된 학생 카네다 사토루가 있는 것이 확인되자 아야노코지는 카네다와 이부키가 C반의 스파이라고 생각하게 된다.

그리고 A반은 전날 아야노코지가 정찰했던 동굴을 베이스캠프로 선정, A반 학생들의 경계심이 강해서 안까지 살피지는 못했다.

아야노코지의 암약과 D반의 압승

D반은 히라타가 전체적으로 이끌면서 그럭저럭 안정적인 집단생활을 이어왔는데, 5일째 되는 날 사건이 터진다. 카루이자와 케이의 속옷이 사라져, 속옷 도둑으로 남학생을 의심했던 것이다. 남학생 모두 신체검사와 짐 검사를 했지만 범인을 특정 짓지 못했고, 남녀가 완전히 갈라지고 말았다. 그때 이부키의 반응을 본 아야노코지는 D반에 혼란을 일으키려고 그녀가 한 짓이라고 확신한다.

다음 날 아야노코지는 호리키타와 쿠시다, 사쿠라, 야마우치, 이부키와 식량을 찾으러 나선다. 기회를 엿보던 아야노코지는 호리키타에게 키 카드를 보여달라고 하고, 일부러 주의를 끌려고 큰 목소리로 말해서 이부키의 시선을 유도한다. 또 사쿠라의 메일 주소를 대가로 야마우치에게 부탁해 호리키타의 머리에 진흙을 묻히게 한다. 가뜩이나 좋지 않았던 호리키타의 몸 상태는 차가운 강물에 머리를 감으면서 더욱 나빠진다.

호리키타가 씻으러 간 사이에 키 카드를 도둑맞고, 그것도 모자라 간이 화장실 뒤편에서 방화 소동이 일어난다. 속옷 분실과 방화 사건으로 D반 내 남녀 갈등은 더욱 심해지고, D반의 팀워크는 점점 악화되었다. 만

신창이가 된 호리키타는 키 카드를 잃어버린 책임감을 느껴서, 방화 사건 때 사라진 이부키의 뒤를 쫓는다. 추궁당한 이부키는 자기가 훔쳤다고 자백. 둘이 일대일로 맞붙어 호리키타가 지고 의식을 잃는데……. 그 후 이부키는 미리 땅에 묻어두었던 손전등과 무전기를 파내, 잠복 중이던 류엔을 부른다. 그러자 류엔과 함께 카츠라기도 모습을 드러낸다. 사실 류엔의 책략으로 A반과 C반이 몰래 손잡았던 것이다. 그래서 D반 리더가 호리키타라는 사실이 두 반에 노출되고 말았다.

류엔 무리가 사라진 후 아야노코지는 호리키타를 안아 들고 여객선 갑판으로 데려간다. 호리키타를 기권시킨 아야노코지는 D반 리더를 호리키타에서 자신으로 변경하겠다고 신청한다. 그 결과, 카츠라기와 류엔은 D반 리더를 알아맞히는 데 실패한다.

또한, 아야노코지는 호리키타가 A반과 C반의 리더를 알아냈다며 히라타에게 말한다. 그리하여 D반은 리더를 맞혀서 포인트를 얻었고, 리더를 들킨 A반과 C반은 스팟 점유로 얻은 보너스 포인트마저 잃는다.

실력을 보여 준 아야노코지가 뒤에서 활약한 덕분에 D반은 특별시험에서 압승을 거둔다. 호리키타는 아픈 자신을 이용한 데 불만을 느끼면서도 아야노코지에 대해 더 깊이 캐지 않는다는 조건으로 앞으로 있을 특별시험에서 협력하겠다는 약속을 받아낸다.

해 답

무인도에서 각 반은 다양한 전략을 짜고 자유롭게 시간을 보냈다. D반에서는 집단생활 중 남녀 간에 균열이 발생하지만, 우여곡절 끝에 마지막 날을 맞이한다. 그리고 아야노코지의 암약 덕분에 D반은 A반과 C반 리더를 알아맞히고 많은 포인트를 얻어 최고의 결과로 특별시험을 끝마쳤다.

리더로서 몸을 내던지는 류엔

리더 류엔은 리더 알아맞히기에 초점을 두는 작전을 펼쳤다. C반은 첫날부터 전용 포인트를 남발했고 둘째 날 거의 모든 학생이 기권. 여름방학다운 바캉스를 만끽하는 모습을 다른 반에 어필했다. 그리고 류엔은 학생들이 기권한 타이밍에 혼자 섬에 숨었다. 자신도 기권한 것처럼 보이게 하기 위해서였다.

한편 류엔은 A반의 카츠라기와 계약을 맺어 C반이 사들인 물품을 융통하고 다른 반 리더를 알려주었다. 그 대가로 A반으로부터 졸업할 때까지 매달 일 인당 2만 프라이빗 포인트를 받기로 한다. 또한, 류엔은 반의 방침에 반대했다가 쫓겨났다는 설정으로 B반에는 카네다를, D반에는 이부키를 잠입시켜 리더를 알아내게 한다. 두 사람을 때려 다치게 함으로써, 그들의 증언이 사실인 듯 다른 반이 착각하게 꾸몄다.

류엔이 가지고 있던 무전기

모두 물품을 마음대로 쓰게 했지만, 무전기만큼은 류엔이 직접 관리했다. 둘째 날에 기권할 거라면 굳이 무전기를 관리할 필요가 없다. 무전기는 다른 반에 잠입한 카네다, 이부키와 연락하기 위한 용도였다. 무전기를 직접 관리하는 류엔의 주도면밀함이 도리어 아야노코지가 류엔를 리더로 의심하는 계기 중 하나가 되고 말았다.

A반 카츠라기의 노림수

사카야나기가 시험에 빠지면서 A반은 270이라는 점유 포인트로 시작하게 된다. 또 A반은 카츠라기 파와 사카야나기 파로 내부가 분열된 상태였다. 카츠라기 파는 사카야나기가 없는 이 특별시험에서 결과를 남기려고 했다. C반과 거래한 것도 시험에서 승리하기 위해서였다. 카츠라기는 류엔에게 B반과 D반의 리더가 누구인지 확실한 증거를 요구했다. 이부키가 디지털카메라를 가지고 있었던 것도 그 증거를 카츠라기에게 보여주기 위해서였다.

시험이 시작되자 카츠라기는 토츠카를 데리고 배에서 본 오두막과 탑 스팟이 근처에 있는 동굴로 향한다. 거기서 리더 토츠카가 눈앞의 욕심에 동굴을 스팟을 점유해버리고 만다. 동굴 밖에 다른 반 학생이 있을 가능성을 생각해서 카츠라기는 자기가 리더인 척 연기하지만, 신중한 카츠라기라면 부주의하게 키 카드를 보이지는 않을 것이다. 그 연기 때문에 오히려 토츠카가 리더일 가능성이 더 높아지고 말았다.

철저하게 지키는 B반

B반은 알맞게 포인트를 사용해서, 우물 근처에 정한 베이스캠프의 환경을 정비했다. 시험을 끝내는 데만 초점을 맞춘 것인지 다른 반 리더를 찾는 모습을 보이지 않고 자기 리더가 들키지 않게 철저하게 지켰다.

August

분열된 D반

강가를 베이스캠프로 정한 D반은 방침을 두고 내부 분열이 일어난다. 히라타는 300포인트라는 숫자를 너무 의식하는데 이 시험에서는 포인트를 어느 정도는 쓸 필요가 있다고 설명. 생활에 필요한 물품을 사고 최소 120포인트를 남겨두기로 방침을 정했다.

이부키를 이용하는 아야노코지

C반에서 쫓겨난 이부키를 본 아야노코지는 그녀의 손가락에 흙이 묻어 있고, 그녀가 있는 근처 땅이 파헤쳐진 흔적이 있는 것을 알아차린다. 그것이 계기가 되어 무전기를 발견한다. 또 이부키의 가방이 나무에 부딪혔을 때 둔탁한 소리가 났던 게 의심스러워 남몰래 확인해서 그 정체가 디지털카메라임을 알아낸다. 아야노코지는 이부키를 C반의 스파이로 추측하고 역으로 이부키를 이용해 C반에 덫을 놓는다. 미리 디지털카메라가 고장난 것처럼 꾸며 망가뜨리고 이부키 앞에서 일부러 키 카드를 흘려 호리키타가 리더임을 보여준다. 그리고 호리키타가 키 카드를 손에서 떼는 시간을 만들어서 이부키가 훔치게 유도했다. 디지털카메라를 망가뜨린 것은 키 카드를 훔친 이부키가 배후자(류엔)와 만나게 하기 위해서였다. 그 결과 아야노코지는 배후자(류엔)와 그의 거래 상대(카츠라기)의 존재를 알아낸다. 또한 이부키를 통해 키 카드를 보여줌으로써 D반 리더가 호리키타라는 사실을 A반과 C반이 조금도 의심하지 않게 만드는 것까지 노렸는지 모른다. 그렇게 한 후, 몸이 아프다는 이유로 호리키타를 기권시키고 리더를 자신으로 변경했다.

리더 알아맞히기의 결과

아야노코지는 호리키타의 지시로 D반 리더를 몰래 변경했다고 반 아이들에게 설명했다. 또 호리키타가 시켰다면서 히라타에게 A반과 C반의 리더를 맞히게 해서 대량의 포인트를 얻었다.

아야노코지에게 놀아난 C반은 전용 포인트를 다 쓴 바람에 리더 알아맞히기에서도 포인트를 획득하지 못하고, 자기 반 리더는 들켰기 때문에 0포인트로 시험을 마쳤다.

하계 그룹별 특별시험

4권

　　무인도에서의 특별시험을 마치고 얼마간의 휴식 후 초호화 유람선에서 후반전 「하계 그룹별 특별시험」에 돌입한다. 본 시험의 목적은 씽킹 능력을 알아보는 것. 1학년을 간지에 빗댄 12개의 그룹으로 나눠서 모든 반이 섞인 그룹으로 시험을 진행한다. 지금까지는 반별 경쟁이었는데, 이 시험에서는 그룹별로 승패가 결정된다는 소식에 당황하는 학생들. 묘(토끼) 그룹에 배정된 아야노코지는 시험을 치르면서 같은 그룹 카루이자와의 동향을 주시했다.

요 점

무인도 시험이 끝나고 배 위에서 새로운 특별시험에 들어갔다. A~D반 혼합으로 12그룹으로 나누고, 그룹 내의 『우대자』를 알아맞혀야 한다. 현 상황을 분석해 주어진 과제를 명확히 하고, 시험 해결 과정을 분명히 하는 씽킹 능력을 시험받는다.

간지에 빗댄 그룹

학교 측이 나눈 열두 개의 그룹이 시험 기간 동안 그룹 내의 우대자를 알아맞히느냐, 잘 숨기느냐에 따라 결과가 바뀌는 시험. 우대자는 시험 시작 당일에 학교 측으로부터 문자로 통보 받는다. 또한 12개의 그룹은 간지에 빗대서 축, 묘, 진 등의 이름이 붙여진다. 우대자와 관련이 있을까……? 반별이 아니라 A~D반 혼합으로 구성된 의미는? 그런 것들을 잘 분석했을 때 비로소 시험의 실마리가 풀릴 것이다.

선상 시험 기본 규칙

규칙 1 일정은 3일. 하루 두 번 그룹별로 논의한다.

규칙 2 답 제출은 한 사람당 한 번. 또한 『우대자』 본인은 답을 맞힐 권한이 없다.

규칙 3 답 제출 방법은 자신의 휴대전화로 정해진 연락처에 보내는 것.

규칙 4 자기가 배정된 간지 그룹 이외의 답은 전부 무효 처리된다.

답 제출 시간이 제한되어 있는 결과 1과 2

시험은 결과 1~4 중 하나로 결정된다. 결과 1과 2는 반드시 시험 종료일 오후 9시 30분~오후 10시 사이에 답을 제출해야 하지만, 결과 3과 4는 그렇지 않다.

선상 시험의 결과 패턴

결과 1

그룹 내에서 우대자와 우대자가 속한 반의 학생을 제외한 전원의 답이 맞았을 경우, 그룹 전원에게 프라이빗 포인트를 지급한다.

◆멤버
+50만 프라이빗 포인트
◆우대자
+100만 프라이빗 포인트

결과 2

우대자와 우대자가 속한 반 학생을 제외한 전원 중 한 명이라도 답을 제출하지 않거나 오답이었을 경우, 우대자에게만 프라이빗 포인트를 지급한다.

◆멤버
0 프라이빗 포인트
◆우대자
+50만 프라이빗 포인트

결과 3

우대자를 알아맞히면 답을 제출한 학생과 그 소속 반에 포인트가 들어오고 우대자가 속한 반은 페널티를 받는다.

◆정답자
+50만 프라이빗 포인트
◆정답자가 속한 반
+50 반 포인트
◆우대자가 속한 반
−50 반 포인트

결과 4

오답이었을 경우 오답자가 속한 반은 페널티를 받는다.
우대자와 그 소속 반에는 포인트가 들어온다.

◆오답자가 속한 반
−50 반 포인트
◆우대자
50만 프라이빗 포인트
◆우대자가 속한 반
+50 반 포인트

※결과 3~4는 우대자와 같은 반 학생이 답을 맞혔을 경우 무효 처리하고 시험을 속행한다.

결과 3~4와 그룹 나누기

시험 중 언제든지 답을 제출할 수 있는 결과 3과 4를 경계해서 우대자는 정체를 숨긴다. 그래서 모두가 이익을 얻는 결과 1을 노리기가 힘들다. 한편 12개의 그룹은 학교 측이 엄정하게 『조정』해 나눈 것이다. 그리고 그룹 멤버들이 처음 만날 때 반드시 자기소개를 하라는 지시가 있었다. 우대자는 어떤 법칙으로 뽑혔을 가능성이 있다.

그룹 나누기	
묘(토끼) 그룹	A반 • 타케모토 시게루, 마치다 코지, 모리시게 타쿠로 B반 • 이치노세 호나미, 하마구치 테츠야, 벳푸 료타 C반 • 이부키 미오, 마나베 시호, 야부 나나미, 　　　야마시타 사키 D반 • 아야노코지 키요타카, 카루이자와 케이, 　　　소토무라 히데오, 유키무라 테루히코
진(용) 그룹	A반 • 카츠라기 코헤이, 니시카와 료코, 마토바 신지, 　　　야노 코하루 B반 • 안도 사요, 칸자키 류지, 츠베 히토미 C반 • 오다 타쿠미, 스즈키 히데토시, 소노다 마사시, 　　　류엔 카케루 D반 • 쿠시다 키쿄, 히라타 요스케, 호리키타 스즈네
축(소) 그룹	A반 • 사와다 야스미, 시미즈 나오키, 니시 하루카, 　　　요시다 켄타 B반 • 코바시 유메, 니노미야 유이, 와타나베 노리히토 C반 • 토키토 히로야, 노무라 유지, 야지마 마리코 D반 • 이케 칸지, 사쿠라 아이리, 스도 켄, 　　　마츠시타 치아키

Story

친구를 속이는 선상 시험

난항을 겪는 그룹 회의와 평소답지 않은 카루이자와

특별시험 규칙 설명을 들은 후 아야노코지와 호리키타가 여객선 갑판에서 전략을 짜고 있는데, 류엔과 이부키가 다가와 도발한다. 류엔은 D반에는 호리키타의 뒤에 「비장의 카드」가 숨겨져 있다는 것을 간파한 듯했지만, 이 시점에서의 아야노코지에 대한 평가는 「금붕어 똥」으로 낮았다.

토끼 그룹의 첫 그룹 회의에서는 「첫 대면 때 실내에서 반드시 자기소개를 할 것」이라는 지시에 따라 총 열네 명이 자기소개를 마친 후, A반 마치다 코지가 「처음부터 끝까지 회의하지 않기」를 제안했다. 이 침묵 작전은 카츠라기의 지시였는데, 모든 그룹이 계속 침묵 시험을 거부하면 모두 똑같이 포인트를 얻을 수 있다는 것이다. 모두 합을 맞추면 아무도 손해 보지 않는 결과가 될 테지만, A반이 아닌 다른 반 입장에서는 상위 반과의 차이를 좁힐 기회를 한 번 잃는 셈이기에 쉽게 받아들일 수가 없다. 이치노세가 주도권을 쥐고 대화해나가려고 하지만 회의는 난항을 겪는다. 토끼 그룹의 회의에서 C그룹 여학생과 다툰 카루이자와의 모습이 『평소답지 않다』라고 느낀 아야노코지는 마나베 시호에게 『카루이자와가 다른 반 여학생과 다투는 것을 봤다』라고 거짓 정보를 흘린다. 그날 밤 아야노코지, 히라타, 유키무라 테루히코가 정보를 공유하고 있는데 같은 방 코엔지가 자기 멋대로 학교에 답을 제출해서 원숭이 그룹의 시험을 종료시켰다.

다음 날, 아야노코지와 호리키타가 만나 의논하고 있는데 류엔이 다시 접촉해 온다. 류엔은 우대자 선정 법칙을 알아보기 위해 C반 전원의 스마트폰을 걸어 자기 반에서 뽑힌 우대자를 전부 확인했다면서 호리키타를 흔든다.

> ### mini topic
> ### 포인트로 할 수 있는 일
>
> 시험 이틀날 밤, 아야노코지는 여객선에 있는 수영장으로 차바시라를 부른다. 이때 아야노코지는 포인트로 살 수 없는 게 없다는 학교의 규칙을 재확인하고, "조만간 부탁 좀 드리러 올게요" 하고 알린다. 그 부탁이란 스마트폰 SIM 잠금 해제로, 우대자 오인을 위한 스마트폰 바꿔치기 트릭에 활용하였다.

어쨌든 토끼 그룹은 변함없이 A반이 회의에 참여하지 않는 상태가 이어졌다. 회의 후 마나베 무리가 카루이자와의 뒤를 쫓아가는 것을 본 아야노코지는 유키무라와 함께 미행한다. 마나베, 야부 나나미, 야마시타 사키는 사람들 눈에 띄지 않는 비상계단에서 카루이자와를 몰아붙이면서 어깨를 찌르고 머리채를 잡기도 했다. 아야노코지는 지켜보기만 할 뿐이었고 유키무라가 나서서 싸움을 말렸다. 카루이자와와 마나베 삼인방의 갈등은 여전히 풀리지 않고……

한편 아야노코지는 한밤중에 방을 빠져나가는 히라타를 따라가 말을 건다. 그리고 자판기 앞에서 카루이자와와 합류해 두 사람이 가짜로 사귀는 것이었음을 알게 된다. 또 카루이자와가 과거에 심각한 학교폭력을 당했다는 것, 중학교 때 히라타의 오랜 친구 스기무라가 학교폭력에 괴로워하다 자살 미수 사건을 일으켰다는 사실, D반의 세 번째 우대자가 카루이자와라는 것을 히라타에게 듣는다.

카루이자와의 몰락과 아야노코지의 책략

아야노코지는 히라타를 통해 배의 제일 아래층 배전반실로 카루이자와를 불러냈고, 또 히라타에게 마나베의 ID를 듣고 채팅 메시지를 보내서 역시 배전반실로 오게 한다. 마나베, 야부, 야마시타는 카루이자와와 갈등이 생기게 된 발단인 모로후지 리카도 데리고 나타났다. 네 사람은 지금까지 쌓인 울분을 해소하기라도 하듯 카루이자와를 폭행하지만 아야노코지는 '한 번은 철저하게 무너져 내려야 다시 일어설 때 수고를 줄일 수 있다'라는 생각으로 모든 행위를 묵인한다.

마나베 무리가 가고 나서도 카루이자와는 두려움에 몸을 떨며 일어나지 못한다. 아야노코지는 그런 카루이자와에게 다가가 그녀가 가진 진짜 어둠을 알아본다. 카루이자와의 왼쪽 옆구리에는 예전에 학교폭력을 당했을 때 생긴 흉터가 남아 있었다. 아야노코지는 카루이자와에게 「불안 요소를 없애 주겠다」라고 선언하고 마나베 무리가 비상 계단에서 카루이자와를 때리는 모습을 촬영한 영상을 그들에게 보낸다. 학교 측이 알게 되면 퇴학 위험이 있기에 그 동영상을 아야노코지 쪽에서 갖고 있으면 마나베 무리를 막을 수 있고 앞으로 또 그들이 카루이자와를 때리거나 나쁜 소문을 퍼트릴 일은 없을 것이다. 이렇게 하여 뒤에서 활동할 때의 협력자가 필요한 아야노코지와 새 숙주가 필요한 카루이자와의 협력 관계가 형성되었다.

　시험 마지막 날, 아야노코지는 우대자를 밀고한 배신자를 유인하기 위해 스마트폰 바꿔치기 트릭을 쓴다. 그런데 이치노세가 꿰뚫어보고 「우대자는 아야노코지」라는 결론을 내린다. A반 마치다는 카츠라기의 작전도 있는 만큼 학교에 답을 제출하지 않겠다고 약속했지만, 사카야나기 파 모리시게 타쿠로가 배신하고 학교 측에 보고. 그런데 사실은 SIM 잠금 해제를 이용해 스마트폰을 한 번 더 바꿔치기한 것으로, 「가짜 답 후에 나온 답을 진실이라고 착각하는」 인간 심리를 꿰뚫은 아야노코지의 이중 트릭이었다. 또 이치노세는 거기까지도 간파하고 책략에 말려든 척하면서 이야기를 이어가서 다른 반이 배신하도록 유도. 그리하여 토끼 그룹이 A반에 타격을 주는, B반과 D반에 있어 최고의 형태인 결과 4로 시험을 마쳤다.

　하지만 이번 특별시험 자체는 12간지의 순서와 그룹 내 오십음도 순으로 우대자가 결정되는 법칙을 알아차린 류엔이 A반을 저격하면서 C반이 압승을 거둔다. 그리고 D반에 선전포고한 류엔에게 아야노코지는 『재미있다』라는 미지의 감정을 처음으로 느낀다.

해 답

우대자 선정 규칙은 간지 순서와 관련 있다. 반 아이들 모두의 스마트폰을 본 류엔은 우대자를 확인하고 이를 바탕으로 추리해 법칙을 알아차린다. 그리고 A반을 저격해 대량의 포인트를 입수한다.

토끼 그룹이 지향하는 결과

A반은 학교 측이 시험 시작 전에 공평성을 주장했던 만큼 모든 반에 균등하게 우대자가 포함되어 있다고 예상한다. 우대자를 찾지 않고 프라이빗 포인트를 얻을 수 있는 결과 2를 지향해야 한다고 주장. 회의 없이 우대자가 획득한 프라이빗 포인트를 반이 나눠 가지면 모든 반에 똑같은 이익이 된다. 반면 B반은 오직 결과 1만을 지향한다.

토끼 그룹이 맞이한 결과

시험 마지막 날, B반의 제안으로 모두 스마트폰을 공개해 우대자를 확인하기로 했다. 그 결과 유키무라가 자신이 우대자임을 고백했다.

이치노세는 SIM 카드를 그냥 그대로 교환하면 그 스마트폰을 쓸 수 없게 된다는 것을 확인해서 전화를 걸어보면 스마트폰의 주인이 드러난다는 사실을 사전에 알고 있었다. 그래서 아야노코지에게 전화했더니 유키무라가 꺼낸 스마트폰이 울렸다. 이렇게 아야노코지가 우대자라는 사실이 드러난다.

그런데 사실 진짜 우대자는 카루이자와였다. 잠금을 해제하고 SIM 카드를 바꾸면 그 스마트폰을 자기 것으로 쓸 수 있기 때문이었다. 아야노코지는 이중 트릭을 써서 토끼 그룹 모두를 속였던 것이다.

아야노코지의 작전

카루이자와의 스마트폰에 잠금 해제한 SIM 카드를 넣으면 카루이자와의 스마트폰은 아야노코지의 것이 된다. 이치노세가 아야노코지에게 전화하면 교환한 스마트폰이 울리게 된다. 유키무라와 교환했다는 사실이 들킬 것까지 예상해서 계획을 세웠다.

12그룹의 결과

자(쥐)	배신자의 정답.	결과 3
축(소)	배신자의 오답.	결과 4
인(호랑이)	우대자가 드러나지 않았다.	결과 2
묘(토끼)	배신자의 오답.	결과 4
진(용)	그룹 전원의 정답.	결과 1
사(뱀)	우대자가 드러나지 않았다.	결과 2
오(말)	배신자의 정답.	결과 3
미(양)	우대자가 드러나지 않았다.	결과 2
신(원숭이)	배신자의 정답.	결과 3
유(닭)	배신자의 정답.	결과 3
술(개)	우대자가 드러나지 않았다.	결과 2
해(돼지)	배신자의 정답.	결과 3

포인트 변동

A반	-200 반 포인트, +200만 프라이빗 포인트
B반	반 포인트 변동 없음, +250만 프라이빗 포인트
C반	+150 반 포인트, +550만 프라이빗 포인트
D반	+50 반 포인트, +300만 프라이빗 포인트

우대자와 간지의 관계

학교 측의 엄정한 조정 결과, A~D반 학생들이 배정된 12개의 그룹. 우대자는 그룹에 매겨진 간지의 순서와 그룹 멤버를 오십음도 순으로 정렬해서 구할 수 있다.

우대자 선정 규칙

묘(토끼) 그룹

토끼는 간지「자, 축, 인, 묘……」중 네 번째.
묘 그룹 멤버인
A반 • 타케모토 시게루, 마치다 코지, 모리시게 타쿠로
B반 • 이치노세 호나미, 하마구치 테츠야, 벳푸 료타
C반 • 이부키 미오, 마나베 시호, 야부 나나미, 야마시타 사키
D반 • 아야노코지 키요타카, 카루이자와 케이, 소토무라 히데오,
　　　유키무라 테루히코
를 오십음도 순으로 나열했을 때, 묘에 위치한 네 번째 학생이 우대자.
아야노코지 키요타카, 이치노세 호나미, 이부키 미오, 카루이자와 케이…….
【카루이자와가 우대자】

진(용) 그룹

A반 • 카츠라기 코헤이, 니시카와 료코, 마토바 신지, 야노 코하루
B반 • 안도 사요, 칸자키 류지, 츠베 히토미
C반 • 오다 타쿠미, 스즈키 히데토시, 소노다 마사시, 류엔 카케루
D반 • 쿠시다 키쿄, 히라타 요스케, 호리키타 스즈네

진은 다섯 번째이므로 오십음도 순서에서 다섯 번째에 오는 학생이 우대자.
【쿠시다가 우대자】

축(소) 그룹

A반 • 사와다 야스미, 시미즈 나오키, 니시 하루카, 요시다 켄타
B반 • 코바시 유메, 니노미야 유이, 와타나베 노리히토
C반 • 토키토 히로야, 노무라 유지, 야지마 마리코
D반 • 이케 칸지, 사쿠라 아이리, 스도 켄, 마츠시타 치아키

소는 두 번째이므로 오십음도 순서에서 두 번째에 오는 학생이 우대자.
【코바시가 우대자】

코엔지의 변덕?

D반 쿠시다와 미나미가 우대자라는 사실을 두고, 방에 모인 아야노코지와 히라타, 유키무라가 우대자의 법칙을 고민하고 있었다. 그때 갑자기 같은 방 코엔지가 답을 제출해 버린다. 앞으로 이틀 더 시험을 계속 치르는 것이 귀찮다는 이유 때문이었다. 그런데 그 결과, 우연인지 법칙을 알아낸 건지는 모르겠지만 우대자를 알아맞혔다.

류엔의 노림수

류엔은 B~D반에 우대자 정보를 공유하고 A반을 저격하자고 제안한다. 그러나 시험 도중에는 누가 답을 제출했는지 공개하지 않기 때문에 신뢰를 얻지 못하고 제안을 거절당한다. 하지만 류엔은 자기 반 우대자를 통해 우대자 선정 법칙을 알아내고 A반의 반 포인트에 큰 타격을 입힌다.

한편 축 그룹은 결과 4로 시험을 마쳤다. 이는 류엔이 우대자 결정의 법칙성을 알아내기 위해서 시험 삼아 답을 제출하게 했을 가능성이 있다. 결과는 끝에 가야 알 수 있지만, 동요하는 학생들의 반응 등을 통해서 추측했는지도 모른다.

아야노코지의 호화 여객선과 무인도 탐방

▶ 호화 여객선

시설도 설비도 충실

배는 지상 5층, 지하 4층으로 총 9층과 옥상으로 나뉘어 있고, 선미에는 헬기 한 대가 있다. 1층에는 연회용 플로어가 있고 옥상에는 수영장, 카페 블루 오션 등이 있다. 그밖에 선내에는 라멘, 햄버거 등의 정크푸드를 제공하는 가게에서부터 일류 유명 레스토랑, 영화관, 고급 스파까지 완비되어 있다. 개인적으로 여행하고 싶다면 비수기라도 수십만 엔은 필요하다. 학생들은 이러한 시설을 전부 무료로 이용할 수 있다. 3~5층에 해당하는 부분에 객실이 있다. 3층이 남학생, 4층이 여학생 객실이다. 남녀 간에 이동 제한은 없지만, 자정 이후부터는 금지. 또한 1층에는 라운지가 있는데, 학생들은 출입을 삼가라는 통보가 있었다.

▶무인도

국가로부터 임대한 섬

서바이벌 시험의 무대가 된 섬은 면적 약 0.5㎢, 해발고도 230m. 무인도지만 특별시험을 위해 고도 육성 고등학교가 관리하고 있다. 길이 포장되어 있지는 않지만 큰 나무를 베어내 정비했고, 고르게 다진 땅과 쓸 수 있는 우물이 있다. 또한 들쭉나무 과일, 으름덩굴 등 먹을 수 있는 과일과 식물이 자라고 있다. 그 외에도 어느 구역에는 옥수수가 심어져 있다. 그 부분만 숲의 흙과 색깔이 조금 다르고, 또 옥수수의 모양도 일반적으로 보는 깔끔한 형태라 사람이 철저히 관리하고 있음을 알 수 있다. 다만 옥수수가 있는 구역은 360도 가시덤불로 둘러싸여 있어서 발견하기 힘들다. 섬을 주의 깊게 탐색하면 식량을 구할 수 있는 장소를 학교 측에서 마련해 두었다. 이것들을 활용함으로써 전용 포인트로 사지 않고도 식량을 구할 수 있다.

특별시험 후 여름방학의 해프닝

무인도 시험과 선상 시험을 마친 1학년은 드디어 여름방학을 맞이했다. 이번 여름방학에만, 용하기로 소문난 점쟁이가 케야키 몰에 와 있다는 소문을 들은 아야노코지는 호기심에 점을 보러 가는데, 공교롭게도 두 명씩만 받아준다는 것. 일단 단념하고 돌아가려다가 역시 혼자 점을 보러 온 이부키와 우연히 마주친다. 다음 날에도 또 마주쳐서 아야노코지는 이부키와 같이 점을 보기로 한다.

그리고 돌아가는 길, 점쟁이의 말을 지키지 않고 혼잡을 피해 우회해서 기숙사로 돌아왔는데 엘리베이터가 고장나 안에 갇혀 버린다. 아야노코지는 배터리가 얼마 남지 않은 스마트폰으로 카츠라기에게 연락을 취하는데 통화 도중 끊긴다. 에어컨도 꺼져서 더워 아야노코지와 이부키 모두 지쳐가다가 카츠라기의 적절한 대처 덕분에 구출된다.

아야노코지와 카츠라기가 친해진 것은 일주일 전으로 거슬러 올라간다. 아야노코지는 이케와 야마우치, 스도 무리와 포인트를 모아서 같은 반 이노카시라 코코로의 생일 선물을 사기로 하고 케야키 몰에 갔다가 교복 차림의 카츠라기를 발견한다. 카츠라기가 여자용 생일 선물을 사는 모습을 이상하게 여긴 이케 무리는 카츠라기의 동향을 살피라고 아야노코지에게 말한다.

카츠라기와 접촉을 시도한 아야노코지는 여름방학임에도 불구하고 학생회실로 향하는 카츠라기를 따라간다. 고도 육성 고등학교의 교칙상 재학생의 외부 접촉과 연락은 일절 금지되어 있다. 하지만 카츠라기는 쌍둥이 여동생에게 생일 선물을 전할 방법이 없겠냐며 학생회에 부탁한다. 학생회장 호리키타 마나부는 교칙을 이유로 들며 카츠라기의 요구를 거절한다.

다만 호리키타 마나부의 거절 방법은, 교칙의 허를 찌르는 방법을 몰래 쓸 수 있다고 임시하고 있었다. 그것을 눈치챈 아야노코지는 카츠라기를 자기 방으로 불러서, 농구부 대회에 출전하기 위해 학교 밖으로 나갈 스도의 도움을 받아보자고 제안한다. 카츠라기의 선물을 도시락통에 숨겨서 외부로 가지고 나간 스도가 대회 중에 틈을 봐서 우편함에 넣는 작전이다. 조부모와 부모님이 일찍 돌아가시고 친척 집에 맡겨진 병약한 여동생의 생일을 축하해줄 수 있는 사람은 자기밖에 없다고 말하는 카츠라기에게, 처음에는 난색을 드러내던 스도도 돕기로 약속. 감시하는 교사와 팀 멤버들에게 들키지 않고 무사히 작전을 완수했다.

그리고 카츠라기는 그 대가로 아야노코지를 통해 스도에게 10만 프라이빗 포인트를 준다.

mini topic

학생회 부회장 나구모

이번 여름방학에 학생회의 동향이 조금씩 드러난다. 호리키타 마나부는 차기 학생회장 유력 후보가 현재 부회장인 2학년 A반 나구모라고 말하고, 아야노코지는 도촬을 막기 위해 수영장에 갔을 때 나구모를 처음 본다. 한편 그때까지는 학생회에 1학년이 없었는데, 이치노세가 학생회에 들어갔다는 사실도 공개된다.

여자 탈의실 도촬 계획을 막아라!

어느 날 저녁, 수도국 문제로 기숙사 전체에 물이 끊겼다. 호리키타는 씻다가 갑자기 물통에 손이 껴서, 내키지 않아 하면서도 아야노코지의 도움을 받는다.

또 어떤 날에는 아야노코지가 야마우치로부터 사쿠라에게 쓴 러브레터를 전달해달라고 부탁받고, 야마우치가 사쿠라에게 고백하는 자리에도 같이 가게 된다. 그런데 그 고백은 실패로 끝나버리는데…….

그리고 개학 전에 사흘 동안 학교의 특별 수영 시설(수영장)이 일반 학생에게 개방되기 때문에 아야노코지는 이케 무리에 의해 반강제적으로 수영장에 간다. 호리키타를 데려왔으면 좋겠다는 스도의 강한 요청이 있어서, 아야노코지는 물통 사건을 구실로 호리키타를 불러낸다. 결국 아야노코지, 이케, 스도, 야마우치, 호리키타, 쿠시다, 사쿠라가 모여서 놀기로 약속하고, 또 당일에는 이치노세를 비롯한 B반 아이들까지 합류한다. 점심을 건 수중 배구 대결 등 반 상관없이 얼마 남지 않은 여름방학을 만끽한다.

그러나 뒤에서는 이케, 야마우치, 스도 바보 삼인조의 여자 탈의실 도촬 계획이 진행되고 있었다. 수영장 약도를 입수한 이케는 카메라가 탑재된 RC카를 남자 탈의실에서 통풍구를 통해 여자 탈의실로 보내, RC카 본체의 미니 SD카드에 영상을 저장할 것이라고 했다. 이 계획에는 소토무라의 협력도 들어간 듯했다.

미리 계획을 들은 아야노코지는 리스크가 크니 성공하든 실패하든 이번 한 번뿐이라고 바보 삼인조에게 단단히 다짐을 받는다. 그리고 뒤로 몰래 카루이자와에게 계획을 막을 수 있게 도움을 요청했다.

당일 카루이자와는 친구 소노다와 이시쿠라에게 바리케이드가 되어 달라고 한 다음, 복도 환기구의 철망을 치우고 통풍구에서 RC카를 꺼내 미니 SD카드를 새것으로 바꿔 끼운다. 원래의 SD카드는 아야노코지가 처분한다. 아야노코지는 도촬을 『막는 것』이 아니라 『했지만 실패하게 만드는』 방법으로 계획을 망가뜨려서, D반이 어떤 페널티를 받을 위험성을 배제했던 것이다.

아야노코지가 카루이자와에게 협력을 구한 데에는 이유가 있다. 왼쪽 옆구리의 흉터 때문에 남들 앞에서 수영하려고 하지 않는 카루이자와에게 수영장에서 노는 즐거움을 알려줌과 동시에, 다른 남자와 달리 도촬에 가담하지 않고 막음으로써 카루이자와의 신뢰를 얻은 것이다.

1학기~여름방학의 주목점

▶ Focus on the first term-Summer Vacation

여기에 주목! ▶ **Check Point**

일찍부터 아야노코지를 경계한 호시노미야의 후각

선상 시험에서는 반의 유력 인물을 진(용) 그룹에 모으는 방침이 정해져 있었다. 하지만 호시노미야는 자기 반의 실력자 이치노세를 묘(토끼) 그룹에 넣는다. 이는 차바시라의 총애를 받는 아야노코지의 동향을 경계해서 나온 지시였다.

변화의 조짐을 보이는 아야노코지에 주목

입학 초기에 아야노코지는 학교에서 튀지 않으려고 했었다. 때로는 「힘을 가지고 있으면서 그것을 쓰지 않는 것은 어리석은 자나 하는 짓이다」라는, 옛날에 받은 가르침을 떠올리면서도 평범한 고등학생인 척 행동하려고 노력했다. 그 결과, 선상 시험을 치르던 도중에는 호리키타에게 "1학기 동안 네가 쌓아온 평범한 사람으로서의 공적은 조금도 흔들리지 않았어"라는 말까지 들을 정도였다. 하지만 여름방학 전 차바시라에게 협박받으면서 실력을 발휘하지 않을 수 없게 된다. 가장 빨리 그 변화를 알아차린 사람은 히라타였다. 선상 시험 중, 아야노코지에게 카루이자와와의 관계를 지적당한 히라타는 "입학해서 지금까지 너를 봐왔지만 그

 # Check Point

때의 아야노코지랑 지금의 아야노코지는 전혀 다른 사람 같아"라며 솔직한 마음을 털어놓는다. 한편 카루이자와가 아야노코지의 이면성에 대해 말했을 때 아야노코지는 「나라는 개체, 인간은 솔직히 말해서 『갓 태어났다』라는 느낌을 받는다. 다른 사람을 대하는 방법, 말투도 아직 잘 몰라서 1학기부터 여름방학 때까지는 아야노코지가 대인관계에 있어서 표출하는 성격의 방향성을 서서히 찾아가는 시기라고도 말할 수 있겠다.

두뇌 이외의 요소도 요구되는 체육대회 5권

여름방학이 끝나고 2학기에 돌입했다. 9월부터 10월 초까지 한 달간은 체육대회를 앞두고 체육 수업이 늘어난다고 한다. 차바시라에게 이 체육대회가 특별시험이냐고 물었지만, 긍정도 부정도 하지 않는 애매한 답변만 돌아올 뿐. 홍팀과 백팀으로 나뉘어 승패를 겨루는데, 모든 학년이 참가하는 종목은 마지막 1,200m 릴레이뿐이고 기본적으로는 학년별로 종목에서 경쟁하게 된다.

호리키타는 지금까지 이상으로 승리에 대한 집념을 보여 주지만, 그런 호리키타를 아야노코지는 냉정한 눈으로 바라보았다.

요점

모든 학년을 홍팀과 백팀으로 나눠서 치르는 체육대회. 특별시험은 아니라지만 그래도 결과에 따라 반 포인트의 변동이 있다. 선상 시험은 1학년분이었지만, 체육대회는 학년의 경계를 뛰어넘어 서로 도와야 한다.

전원 참가와 추천 참가

체육대회의 경기는 전원 참가와 추천 참가 두 종류로 나누어진다. 전원 참가 경기는 반 전원이 참가. 추천 참가는 반에서 뽑힌 학생이 경기에 나가 경쟁하게 된다. 또한 자진했든 남의 추천을 받았든 상관없이 한 사람이 복수의 추천 참가 경기에 나가는 것이 가능하다. 체력에 자신 있는 학생이 활약할 수 있다.

종목

전원 참가 종목

①100m 달리기	⑥장애물 달리기	1위 15점
②허들 경기	⑦이인삼각	2위 12점
③장대 눕히기 (남자 한정)	⑧기마전	3위 10점
④콩주머니 던지기 (여자 한정)	⑨200m 달리기	4위 8점
⑤남녀별 줄다리기		

※5위 이하부터 1점씩 내려간다.
※단체전은 승리한 팀에 500점.

추천 참가 종목

⑩운명 달리기	1위 50점
⑪사방 줄다리기	2위 30점
⑫남녀 혼합 이인삼각	3위 15점
⑬전 학년 합동 1,200m 릴레이	4위 10점

※5위 이하부터 2점씩 내려간다.
※마지막 경기인 전 학년 합동 1,200m 릴레이는 점수가 3배가 된다.

보수

홍팀 대 백팀의 결과

진 팀은 전 학년 균등하게
−100 반 포인트

학년별 순위

학년마다 1위부터 4위까지 결정. 순위에 따른 보수가 있다.

♛ 1위   **+50 반 포인트**
2위   **0 반 포인트**
3위   **−50 반 포인트**
4위   **−100 반 포인트**

개인 보수

♛ 1위   **5,000 프라이빗 포인트**
       또는 필기시험 때 +3점
2위   **3,000 프라이빗 포인트**
       또는 필기시험 때 +2점
3위   **1,000 프라이빗 포인트**
       또는 필기시험 때 +1점
최하위   **−1,000 프라이빗 포인트**
※소지한 포인트가 1,000 미만일 경우 필기시험에서 1점 차감된다.

MVP와 위반

학년 별로 모든 경기를 종합해서 획득 점수가 가장 많은 학생은 최우수 학생 보수(MVP)로 +1만 프라이빗 포인트를 받는다.

단, 각 경기에서 규칙을 위반한 학생은 실격 처리되어 그 경기의 포인트를 얻을 수 없다. 또한 그 위반이 악질적이었을 경우에는 퇴장 처리되며 학생이 그때까지 획득한 점수의 박탈까지 검토될 수 있다.

무거운 페널티

학년별 종합 성적이 낮은 하위 10명은 다음 필기시험에서 −10점이라는 벌칙을 받는다. 즉, 운동에 자신 없는 학생이 개인 경기에서 계속 최하위가 되어 종합 성적 하위 10위에 들어가는 것을 피해야 한다. 한편, 페널티 적용 방법은 필기시험 시에 설명한다.

실마리는 참가표

경기의 어느 종목에 누가 나갈지 참가표에 써서 담임에게 제출하면 참가자가 결정된다. 참가표 제출 시한은 체육대회 일주일 전부터 전날 오후 5시까지. 기한을 넘기면 출전 선수와 경기가 무작위로 정해진다. 다른 반의 정보를 입수할 수 있다면 전략의 폭이 넓어진다.

당일, 전원 참가 경기에서 필요 최소한의 인원에 미달일 경우 실격. 또 예컨대 기마전에서 결원이 생겨 기마를 다 만들 수 없을 경우 그만큼 기마가 적은 상태로 출전한다. 한편, 추천 경기에서는 10만 프라이빗 포인트를 내면 대역을 세우는 것이 가능하다.

D반의 방침

운동 능력 위주로 참가 경기를 정해서 학년별 순위에서 이기는 것을 우선하기로 방침을 정했다. 단, 개인 보수인 필기시험의 플러스 득점이 필요 없는 학생은 자신의 프라이빗 포인트로 최하위 학생이 잃은 프라이빗 포인트를 상쇄. 프라이빗 포인트의 증감을 반 전원이 분담하여, 반이 하나로 똘똘 뭉쳐서 체육대회에 임한다.

Story

두뇌 이외의 요소도 요구되는 체육대회

호리키타의 가능성을 파악하려고 하는 아야노코지

홍팀이 된 D반은 A반과 함께 싸우게 되었다. 단합력이 없는 D반, 카츠라기 파와 사카야나기 파로 분열된 A반. 반면 백팀은 이치노세를 중심으로 단단히 결속된 B반과 류엔의 독재 체제인 C반이었다. 홍팀은 연대라는 부분에서 불안한 구석이 있었다.

홈룸 시간에 전원 참가 종목에 나갈 순서와 추천 경기 출전자를 정할 때 호리키타는 능력을 중시하는 방침을 제안하지만, 문자로 아야노코지의 지시를 받은 카루이자와가 반대. 다수결로 방침을 정해서 겨우 모든 경기 출전자를 정한 후, 반을 이끄는 역할을 맡은 히라타가 자기 순서와 파트너만 메모하고 촬영해서 기록으로 남기는 것은 피하자고 한다. 이는 다른 반에 참가표가 들어가는 것을 막기 위해 필요한 조치였다.

그리고 체육대회 때 D반의 리더는 학년에서도 최고 수준의 신체 능력을 자랑하는 스도가 맡기로 했다. 운동신경이 좋은 호리키타는 다수의 경기에 출전할 예정이지만, 이인삼각에서는 상대방과 맞지 않아 파트너 교체를 반복했다.

드디어 체육대회가 시작되고 코엔지는 출전하지 않겠다고 나오지만, 스도와 호리키타, 히라타가 순조롭게 1위를 차지하며 D반은 좋은 출발을 한다.

그런데 경기가 진행될수록 몇몇 학생이 C반의 동향에 위화감을 느끼기 시작한다. C반은 운동을 잘하는 스도와 오노데라 카야노에게는 누가

봐도 약한 상대를 내보내고, 운동을 못하는 소토무라와 유키무라, 이케 등에게는 아슬아슬하게 이길 수 있는 학생을 내보낸 것이다. D반의 참가 표가 유출된 게 분명했다. 게다가 C반은 호리키타 순서에 육상부 야지마 마리코와 키노시타 미노리를 내보내 노골적으로 호리키타 죽이기에 들어 갔다. 또 장애물 달리기에서 키노시타와 호리키타가 달리던 도중 충돌해 같이 넘어진다. 그 결과 호리키타는 7위, 키노시타는 경기 속행 불가 상 태가 되고 마는데……

C반의 계획을 알고 있었다

체육대회 준비에 들어간 직후, 아야노 코지는 방과 후에 혼자 교실에 남아, 폰으 로 전달받은 녹음 파일을 이어폰을 끼고 듣 고 있었다. 이때 이미 C반의 배신자를 통 해 C반의 작전 회의 내용이 새어 나간 것 이다. 아야노코지는 체육대회 한 달 가까 이 전부터 포석을 깔았다.

그리고 장대 눕히기와 기마전 때 경기를 빙자한 폭력과 반칙을 당하 고, 경기가 생각대로 풀리지 않은 스도는 마침내 한계를 맞이한다. C반에 덤비려고 하는데 히라타가 말리자 그를 때리고 기숙사로 도망치고 만다.

아야노코지는 지금의 호리키타에게 필요한 것은 「패배와 재생」이므로 이번 체육대회에서는 「아무것도 하지 않는 것」이 중요하다고 생각했다. 그래서 아야노코지는 「끝까지 돕지 않고 가만히 있을 생각」임을 호리키타에게 전하고 그녀가 어떻게 움직이는지 지켜보았다.

D반이 얻은 것과 사카야나기의 선전포고

점심시간이 되자 쿠시다가 호리키타에게 말을 걸어 함께 보건실로 가 달라고 한다. 가보니 키노시타가 침대에 누워 있었는데, 장애물 달리기 때 호리키타가 의도적으로 충돌해서 다쳤다고 주장. 거기에 류엔도 가세하여 교사와 학생회에 고발하지 않길 바란다면 100만 프라이빗 포인트를 주고 무릎꿇고 용서를 빌라고 요구했다. 방과 후까지 답을 기다리겠다고 해서, 호리키타는 아무런 대책도 없이 태평하게 체육대회를 맞이한 자신의 부주의함을 후회하며, 스도를 설득하러 간다.

한편 부재중인 스도와 호리키타를 대신해 아야노코지와 쿠시다가 이인삼각에 출전. 그때 쿠시다를 추궁하자 C반에 참가표를 넘긴 사람은 자신이며 배신한 이유는 「호리키타 스즈네를 퇴학시키고 싶어서」라고 자백한다.

스도를 기다리는 동안 생각을 정리한 호리키타는 처음으로 자신의 약한 모습을 직면한다. 오빠처럼 되기 위해서는 자기만 우수하면 된다고 여겼는데, 그것은 착각이었고 동료가 있는 것이 중요하다는 사실을 깨달았다. 또 스도의 과거를 알게 되면서 자신의 처지와 겹쳐 보이자 다시 한번 스도를 설득한다. 농구 말고도 처음으로 존재의의를 인정받았다고 느낀 스도는 마침내 체육대회로 돌아온다. 순순히 사과하고 머리를 숙이는 두 사람을 반 아이들은 환영해 주었다.

전 학년 혼합 1,200m 릴레이에서는 마지막 주자인 아야노코지가 호리키타 마나부와 우열을 가릴 수 없는 명승부를 펼쳤다. 전 주자가 넘어지는 사고도 있어서 아야노코지는 호리키타 마나부에게 졌지만, 우수한 신체 능력을 널리 알리게 된다. 최종적으로 홍팀은 승리했어도 학년별 성적에서 D반은 최하위. 1학년은 모든 반이 포인트를 잃는 결과를 맞이했다. 그러나 패배와 맞바꿔, 호리키타와 스도는 큰 깨달음을 얻었다.

방과 후, 호리키타는 류엔을 찾아간다. 호리키타의 추궁에 쿠시다는 진짜 얼굴을 드러내고 "난 너를 퇴학시킬 거야"라고 선언한다. 이 자리에서 호리키타는 불리한 상황을 뒤집을 방법이 없었다. 류엔에게 무릎을 꿇으려는 바로 그때, 류엔의 스마트폰이 울리고 음성 파일이 도착한다. 류엔이 C반에서 호리키타를 궁지로 내몰려고 모의하는 음성이 담긴 녹음이었다. 이는 호리키타의 배후에 있는 누군가가 C반에 내통자를 만들었다는 사실을 의미했다. 호리키타를 더 이상 협박할 수 없게 되자 류엔은 이만 물러나야 할 때임을 깨닫는다.

그 무렵 아야노코지는 A반 카무로 마스미의 안내로 특별동에 가서 사카야나기를 만나고 있었다. 사카야나기는 「화이트 룸」의 존재를 알고 있다고 넌지시 알리고, 아야노코지에게 선전포고했다.

해 답

홍팀(A반 & D반)의 승리로 끝난 체육대회. 그러나 1학년 D반을 비롯해 1학년 모든 반이 반 포인트를 잃는 결과가 되었다…….

결과와 보수

홍팀 대 백팀의 결과

♛ 승리　　홍팀(A반 & D반)
　패배　　백팀(B반 & C반)
　　　　　-100 반 포인트

학년별 순위

♛ 1위　　1학년 B반
　　　　　+50 반 포인트
　2위　　1학년 C반
　　　　　0 반 포인트
　3위　　1학년 A반
　　　　　-50 반 포인트
　4위　　1학년 D반
　　　　　-100 반 포인트

류엔의 표적이 된 D반

D반의 참가표가 쿠시다 때문에 C반으로 넘어간다. 칠판에 쓴 참가표 일람을 『자기 순서만 메모하기』로 D반이 방침을 정했는데 쿠시다가 스마트폰으로 몰래 찍어 류엔에게 준 것이다.

사실은 선상 시험 때 쿠시다가 류엔과 교섭. 자기가 우대자임을 알려주는 대가로 호리키타를 밟으라고 류엔에게 부탁했다.

C반의 책략과 호리키타의 부상으로 스도가 폭주해서 추천 참가 경기

에 나가지 않는다. 히라타가 프라이빗 포인트를 내고 스도와 호리키타의 대역을 세우지만, 경기 결과를 뒤집지는 못했다. 운동 능력이 좋은 두 사람이 빠진 구멍이 커서, D반은 1학년 꼴찌가 되고 말았다.

【 호리키타를 궁지로 모는 류엔 】

경기 도중 호리키타와 부딪친 키노시타. 그때 다쳤으니 사과하라고 호리키타에게 요구하는 류엔. 하지만 키노시타는 사실 그때 다친 것이 아니었다. 50만 프라이빗 포인트를 대가로, 진찰받기 전에 류엔이 입힌 상처였다.

아야노코지의 암약

내통자 마나베로부터 류엔의 작전을 입수한 아야노코지. 그러나 류엔의 작전을 사전에 무산시키지는 않았다. 왜냐하면 이번 체육대회에서 호리키타가 성장하기 위해 필요한 패배를 안겨줄 생각이었기 때문이다. 패배를 직시하고 다시 일어선 호리키타는 진정한 의미로 스도라는 동료를 얻었다.

아야노코지는 미리 카루이자와에게, 반에 배신자가 있어서 참가표가 외부로 유출될 거라고 귀띔했다. 그렇게 함으로써 아야노코지는 카루이자와로부터 더 깊은 신뢰를 얻을 수 있었다. 또 체육대회가 끝난 후 아야노코지는 마나베에게 받은 C반 작전 모의 녹음 파일을 류엔에게 보내 호리키타에게서 손을 떼게 만들었다.

10월~12월

특별시험 - 페이퍼 셔플 -

6권

체육대회가 끝나고 10월 중순, 호리키타 마나부가 물러나고 나구모 미야비를 학생회장으로 내세운 새 학생회가 발족. 학교에도 변화가 찾아오려 하고 있었다. 1학년 각 반의 포인트 차이는 체육대회 후에 더욱 줄어들었고, 앞으로 연말까지 2학기 기말고사 겸 특별시험인 『페이퍼 셔플』이 남았다. 이 시기에 아야노코지는 이케, 야마우치와 거리가 멀어지는 한편, 체육대회에서 활약했던 같은 반 사토 마야로부터 연락처 교환을 부탁받는 등 입학 후 반년 동안 형성되었던 인간관계에도 변화가 생겼다.

요 점

2인 1조로 시험을 치르는 페이퍼 셔플. 예년 한두 팀이 퇴학당했기 때문에 파트너가 중요하고, 파트너를 나누는 법칙을 알아차리는 것이 시험 공략의 열쇠다.

『공격』과 『방어』

이번 시험은 시험문제를 각 반에서 만들고 원하는 반을 지목해 치게 한다. 이를 『공격』이라고 부르고, 지목당한 반은 『방어』하게 된다.

두 반은 반의 총득점으로 경쟁하고, 이긴 반은 진 반으로부터 50 반 포인트를 가져온다. 두 반이 서로를 지목했을 경우에는 이긴 반이 진 반으로부터 100 반 포인트를 가져온다.

October-December

페이퍼 셔플 시험 규칙

규칙 1
시험은 이틀에 걸쳐 치른다.

규칙 2
시험 과목은 8과목 각 100점 만점.
각 과목당 50문제씩 총 400문제.

규칙 3
팀의 총점이 커트라인을 넘지 못하면 퇴학.

규칙 4
커트라인은 각 과목당 60점 미만.
팀의 총점이기 때문에 예컨대 0점을 받았어도 파트너가 60점이 넘으면 퇴학을 면할 수 있다.

규칙 5
각 과목 이외에 전 과목 종합 점수도 커트라인이 있다.
예년에는 700점 전후가 커트라인이었다.

규칙 6
부정행위를 저지른 사람은 즉시 실격 처리되며 파트너도 같이 퇴학 처분을 받는다.

시험 난이도

작성한 문제는 교사들이 확인한다. 학교의 지도 영역에서 벗어난 문제, 출제 내용으로는 정답을 맞힐 수 없는 문제는 수정한다. 문제를 완성하지 못했을 경우, 학교가 만든 문제가 나간다. 그럴 경우, 문제의 난도가 낮다.

팀을 나누는 법칙

쪽지 시험 점수 1등과 최하위가 한 팀이 되고, 그다음은 2등과 하위 2등이 한 팀이 되는 식으로 팀을 나눈다. 차바시라의 설명 중 「쪽지 시험의 결과가 성적에는 일체 영향을 주지 않는다」, 「총점 커트라인이 아직 확정되지 않았다」, 「팀 결정 이유를 쪽지 시험 후에 알려주겠다」라는 세 가지에 주목해서 호리키타가 추리한다.

D반의 팀 결정

호리키타의 추리를 바탕으로 성적 상위 10명과 하위 10명이 팀을 이룸으로써 성적이 불안한 학생을 보완했다. 한편 쪽지 시험은 아주 쉬운 수준이라서 학력이 낮은 사람이라도 높은 점수를 받을 수 있다. 예년 퇴학자가 나오는 것은 쪽지 시험의 덫에 걸렸기 때문이다.

팀 결정 결과

◆아야노코지 키요타카 & 사토 마야 팀
◆호리키타 스즈네 & 스도 켄 팀
◆히라타 요스케 & 야마우치 하루키 팀
◆쿠시다 키쿄 & 이케 칸지 팀
◆유키무라 테루히코 & 이노카시라 코코로 팀
◆코엔지 로쿠스케 & 오키야 쿄스케 팀
◆미야케 아키토 & 하세베 하루카 팀

류엔의 방침

협력자 쿠시다가 있는 D반을 지목해 승리함으로써 호리키타를 뒤에서 조종하는 배후자 X를 밝혀내려고 한다. 또한, 반의 내통자가 마나베임을 꿰뚫어보고, 카루이자와를 괴롭히는 현장 사진으로 협박당하고 있다는 것을 안 류엔. 그 현장을 본 아야노코지와 유키무라가 배후자 X일 가능성이 있지만, 그저 장기 말일 가능성도 있다고 의심해서 단정은 피했다.

A반을 목표로 퇴학을 걸다

호리키타와 쿠시다는 페이퍼 셔플의 수학 점수를 가지고 승부를 내기로 한다. 쿠시다가 이기면 호리키타와 아야노코지가 자진 퇴학. 호리키타가 이기면 쿠시다는 호리키타에 대한 방해 행위를 멈추는 것이다. 호리키타는 미래를 위해 승부를 걸었다.

페이퍼 셔플은 맞대결

D반은 학력 차이가 적은 C반을 지목. A반과 B반은 서로를 지목. 그 결과, 맞대결이 성사되었다.

Story

특별시험 『페이퍼 셔플』

반 대항 기말고사와 호리키타 대 쿠시다의 일대일 대결

2학기 중간고사를 막 끝낸 D반에서 차바시라는 다음 주에 쪽지 시험을 치를 예정이라고 전한다. 이 쪽지 시험은 성적에 반영되지 않지만, 한 달 후에 있을 기말고사 겸 특별시험 『페이퍼 셔플』에 큰 영향을 미친다는 것. 또 과거의 페이퍼 셔플에서는 한 팀 내지 두 팀의 퇴학자가 나왔다고 한다. 호리키타는 이러한 내용을 통해, 쪽지 시험의 결과에 따라 페이퍼 셔플의 팀이 정해진다는 것을 간파했다.

체육대회 때 혼자 싸우는 것의 한계를 통감했던 호리키타는 홈룸의 작전 회의 전 반 아이들에게 사과한다. 그런 다음 쪽지 시험의 점수 최대점과 최소점의 차이가 큰 학생부터 순서대로 팀이 되는 법칙에 대해 말한다. 이렇게 해서 D반은 처음으로 일체감을 가지고 쪽지 시험에 임한다. 다음 날 쪽지 시험 답지가 바로 돌아왔고, 페이퍼 셔플의 팀도 결정되었다. 아야노코지의 파트너는 사토였다. 그리고 페이퍼 셔플 대결 반은 D반 대 C반, B반 대 A반으로 정해졌다.

반에 여러 개의 스터디 모임이 생기는 와중에 반에서 겉도는 팀인 하세베 하루카와 미야케 아키토는 유키무라와 시험 공부를 하게 되고, 아야노코지는 호리키타로부터 그들을 관리해달라는 부탁을 받는다. 하지만 이번 특별시험은 개개인의 학력 향상분 아니라 대결할 반에 낼 문제와 해답 작성이 반의 생명줄이 된다. 또 학교 측에 제출한 후의 정보 유출 대책도 중요한데, 그것도 호리키타가 「나름대로 대책을 생각해두었다」라고 말한다.

어느 날 스터디를 마치고 돌아오는 길, 호리키타는 쿠시다와 둘이 있게 된다. 체육대회 때처럼 방해하지 않길 바랐던 호리키타는, 자기가 지면 자진해서 학교를 그만두는 것을 조건으로, 쿠시다가 자신있는 교과목에서 점수 대결을 하자고 제안한다. 그리고 이 승부의 증인으로, 오빠이자 전 학생회장인 호리키타 마나부를 부를 각오를 보였다.

이때 호리키타는 스마트폰으로 아야노코지에게 쿠시다와의 대화 내용을 들려주고 있었는데, 쿠시다가 알아차리고 아야노코지를 불러낸다. 결국 호리키타가 지면 아야노코지도 같이 학교를 그만두는 조건이 되었고, 그 대신 아야노코지와 호리키타는 쿠시다의 중학교 때 이야기를 듣는다. 그 누구보다도 친절하고 친근하게 대함으로써 인정 욕구를 채워왔던 쿠시다는 반 아이의 고민 상담을 해줘서 얻은 『진실』을 무기 삼아 반을 붕괴시켰던 것이다. 그리고 고도 육성 고등학교에 입학한 후에도 이미 몇 명을 파멸시킬 수 있는 『진실』을 손에 쥐고 있다고 했다.

호리키타의 책략과 아야노코지의 속임수

스터디를 마치고 돌아오는 길, 아야노코지와 유키무라, 미야케, 하세베는 단순 스터디 멤버라는 관계에서 더 나아가 새로운 친구 그룹을 결성하기로 하고 거기에 사쿠라도 합세하여 아야노코지 그룹을 만든다.

시험이 다음 주로 다가온 목요일, D반 멤버들은 노래방에서 모여 마지막 회의를 했다. 그 도중, 카루이자와가 쿠시다에게 일방적으로 화를 내며 유리잔에 든 포도주스를 쿠시다에게 끼얹어 교복을 더럽힌다. 쿠시다는 아야노코지의 지문이 묻은 또 다른 교복은 보관하고 있었기 때문에 「전에 한 벌 망가져서 이것밖에 없다」라고 둘러대고, 카루이자와는 사과하며 세탁비를 주겠다고 했다.

C반에 낼 문제 제출 마감일, 문제를 가져온 호리키타에게 차바시라는 「이미 지체 없이 문제가 수리되었다」라고 말한다. 먼저 문제를 제출한 사람은 쿠시다. 쿠시다는 자기가 제출한 문제와 답을 류엔에게 제공하는 대신 C반이 만든 수학 문제와 답을 얻기로 류엔과 모의했던 것이다.

같이 문제를 제출하러 온 류엔은 승리를 확신하고 큰 소리로 웃으며 교무실에서 나간다.

아야노코지도 이제 다 틀렸다고 생각했지만, 모든 것은 호리키타가 예상한 범위 내에 있었다. 사실 호리키타는 기말고사의 자세한 내용이 발표되자마자 문제 제출의 결정권은 자신에게 있으며, 다른 누가 오면 수리해주는 척만 해달라고 차바시라에게 미리 요청했던 것이다.

그 직후, 아야노코지는 익명으로 류엔에게 문자를 보내「C반이 확정한 문제와 정답 제공」 아니면 「쿠시다에게 넘긴 문제와 정답의 대폭 변경」

이라는 거래를 제안한다. 그 대가로 쿠시다의 책략이 호리키타에게 들켰음을 전하고, 쿠시다와 류엔의 협정이 깨졌음을 시사했다.

기말고사 당일, 수학 문제가 미리 류엔에게 받은 것과 다르자 쿠시다는 동요를 감추지 못한다. 그 결과 호리키타는 쿠시다와의 내기에서 승리하고 앞으로는 방해하지 않을 것을 약속 받는다. 또 스터디를 한 성과가 나와, D반은 페이퍼 셔플에서 C반에 승리를 거둔다.

시험이 끝난 후 옥상에서 쿠시다는 왜 자신을 배신했냐며 류엔에게 따진다. 류엔은 쿠시다와의 사이에 기브 앤 테이크란 성립하지 않는다고 주장하고, 또 쿠시다의 교복 안주머니에 커닝 종이가 들어 있었다고 지적. 호리키타와 쿠시다가 진검승부를 펼쳐야 하게 됐지만, 쿠시다가 부정행위로 퇴학당하는 것을 면했다고 설명한다.

D반을 뒤에서 조종하는 배후자 X(=아야노코지)의 정체를 알아내려고 하는 류엔은 배후자 X에게 카루이자와의 사진을 첨부해 보낸다. 류엔에게 선전포고를 받은 아야노코지는 본의 아니게 즐거움을 느꼈다.

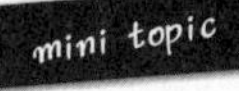

배후자 X에 가까워지는 류엔

류엔은 C반 회의에서 마나베, 야부, 야마시타가 배신자임을 간파한다. 마나베 무리는 스마트폰 이력을 지웠기 때문에 증거가 남아 있지 않지만, 그들이 자백한 내용을 통해 카루이자와가 배후자 X와 이어져 있다는 확신을 갖는다. 카루이자와도 이력을 남기지 않았으리라고 추측하고 배후자 X를 추적하기 위해 카루이자와를 다음 타깃으로 삼았다.

해 답

쿠시다의 배신을 예감한 호리키타는 선수를 친다. 그 작전은 멋지게 성공하고 쿠시다에게 승리를 거둔다. D반도 모두 커트라인을 넘는 점수를 받아 퇴학자가 나오지 않았다.

반을 배신한 쿠시다의 행동

시험 전. 쿠시다가 D반 문제를 들고 가서 차바시라에게 냈다. 그러면서 다른 사람이 문제를 가져와도 받지 말아 달라고 부탁했다. 그녀는 이렇게 문제를 바꿔치기한 대가로 C반이 만든 수학 문제지와 답을 얻었다.

호리키타의 계책

호리키타는 페이퍼 셔플의 상세한 내용이 발표되자마자 차바시라와 교섭하여 『호리키타가 문제 제출 결정권을 가지고 있다』, 『다른 누가 와도 수리하는 척만 했으면 좋겠다』라는 약속을 미리 받아두었다. 그래서 쿠시다가 낸 문제가 정식으로 수리되지 않았고, 그 결과 류엔과의 거래를 막아낼 수 있었다. 수학 점수 대결에서는 호리키타가 승리를 거뒀다. 하지만 내기 조건은 『호리키타를 방해하지 않기』뿐. 호리키타에게 협력하는 것도 아니고, 아야노코지를 방해하는 것은 대상에서 제외였다.

배후자 X와 류엔의 거래

쿠시다와의 거래 후, 류엔에게 배후자 X의 문자가 도착한다. 내용은 쿠시다의 계략이 호리키타에게 다 들켰다는 것. 문자를 확인한 류엔은 쿠시다와의 협정을 무효로 하고 그녀 모르게 문제를 바꿨다.

Story Guidance vol.06

쿠시다에게 놓은 덫

아야노코지가 쿠시다의 교복에 커닝 페이퍼를 넣어두었다. 류엔이 문제를 바꾸지 않았다면 쿠시다를 퇴학시켰을 것이다.

학생들의 휴식 공간

S P O T . 1

케야키 몰

학생의 휴일은 이곳에서!

상업 시설이 즐비한 복합 시설. 마트와 같이 일상적으로 이용하는 곳 이외에도 전기 가스 수도 문제를 해결해 주는 전문점, 편의점 상품을 기숙사까지 배달해 주는 서비스, 세탁소 등 가끔 이용하는 곳도 많다. 또, 노래방과 영화관 등 오락 시설도 풍부하다. 케야키 몰 내에 있는 노래방은 개별실이어서 류엔 무리를 비롯해 학생들의 회의 장소로도 많이 쓰인다. 노래방의 음식 메뉴 중에는 타코야키 여섯 알 중에 딱 하나만 엄청나게 매운 것이 들어 있는, 벌칙 게임을 전제로 한 음식도 있다. 아야노코지 그룹은 엄청나게 매운 타코야키에 당첨된 사람이 먹자마자 바로 노래를 부르는 영문 모를 게임을 하며 신나게 놀았다. 유키무라가 다섯 번 연속으로 걸리는, 7,776분의 1의 확률에 당첨되기도 했다.

학교 부지 밖으로 외출이 금지된 학생들.
평소에 그들이 놀고 쇼핑하는 장소를 소개합니다.

SPOT.2
카페 팔레트

여자들에게 인기 있는 카페

학교 내의 카페. 시설 전체 1, 2위를 다툴 만큼 인기가 있어서 점심시간과 방과 후가 되면 학생들로 북적거린다. 인기 메뉴는 딸기 쇼트케이크와 몽블랑. 커피는 당일에 한해 영수증을 가져오면 두 잔째를 50% 할인해 준다.

SPOT.3
특별 수영 시설(수영장)

여름방학에 대인기

평소에는 수영부 전용으로 쓰이는 시설이지만, 여름방학이 끝나기 전에 딱 사흘 동안 모든 학생에게 개방된다. 시설 내에는 총 세 개의 수영장이 있는데 스탠다드 수영장, 물이 흐르는 수영장, 오락을 주로 하는 수영장으로 나누어진다.

류엔과 배후자 X의 결착

12월

7권

페이퍼 셔플에서 D반은 C반과 대결해 승리를 거두고, 반 포인트 변동이 있는 다음 달 초에는 두 반의 차이가 200이나 줄어든다. 게다가 C반은 중대한 위반 행위가 있었다고 하여 거기서 100 포인트가 더 줄어들게 되는데. 이렇게 해서 C반과 D반의 반 등급이 뒤바뀌게 될 전망이다. 한편 겨울방학이 코앞으로 다가온 12월 중순, 류엔은 D반을 뒤에서 조종하는 배후자 X의 정체를 파헤치기 위해 D반 학생들에게 압박을 가하기 시작한다.

요 점

지금까지 수도 없이 류엔의 책략을 막아온 배후자 X. 류엔은 온갖 수단을 동원해 배후자 X의 정체를 밝혀내려고 한다. 그리고 그 마수는 카루이자와에게 향하는데.

배후자 X와 카루이자와의 관계

류엔이 배후자 X의 정체에 흥미를 느끼는 이유. 그것은 배후자 X와 대면했을 때 자신에게 어떠한 변화가 찾아올지, 무엇을 바라게 될지 궁금했기 때문이다. 마나베 무리가 배후자 X에게 이용당한 것을 보고 아야노코지와 유키무라 등이 후보로 올라왔지만, 결정적 단서가 없었다. 그래도 배후자 X가 마나베 무리에게 앞으로는 카루이자와를 괴롭히지 말라고 협박했던 만큼 카루이자와와 배후자 X가 가까운 사이라고 추측했다. 배후자 X가 남긴 단서를 더듬어 그 정체에 점점 가까워진다.

배후자 X에게 한 경고

C반 학생들을 움직여 D반 학생들을 감시함으로써 류엔이 노리고 있다는 사실을 배후자 X가 늘 의식하도록 했다. 또한, 문제가 될 위험을 고려하여 스도와 미야케와 같이 불량한 타입, 히라타와 같이 보수적인 타입을 중심으로 노렸다.

유력 후보 코엔지와의 대화

류엔은 선상 시험에서 제일 먼저 정답을 맞히는 등 높은 실력을 갖춘 코엔지를, 배후자 X에게 위기감을 주기 위해 만난다. 직접 대화를 나눠보면서 코엔지의 사고는 배후자 X와 다르다고 느낀다.

Story

류엔과 배후자 X의 결착

아버지와의 재회와 반 승격 방관

류엔의 지시 아래 C반 학생들이 D반 감시와 미행을 시작한 가운데, 아야노코지는 도서실에서 시이나 히요리와 재회한다. 둘 다 좋아하는 미스터리 소설로 대화가 무르익으면서, 두 반 사이 감도는 긴장감은 아랑곳하지 않고 반을 뛰어넘어 의기투합한다.

어느 날 방과 후, 차바시라는 아야노코지를 응접실로 부른다. 아야노코지 키요타카의 아버지가 그곳에서 기다리고 있었다. 아버지는 키요타카가 고도 육성 고등학교에 입학하는 데 도움을 준 집사 마츠오를 벌주었다면서 키요타카에게 학교를 그만두라고 압박한다. 그러나 키요타카는 응하지 않고 대화는 평행선만 달릴 뿐. 그때 등장한 사카야나기 이사장이 「학교 책임자로서 규칙 내에서 학생을 지키겠다」라며 키요타카의 뜻에 따르는 모습을 보이고, 아야노코지 부자의 대화는 결렬로 끝난다.

아버지가 직접 움직인 것, 사카야나기 이사장과 나눈 대화를 통해 아야노코지는 추리해 본다. 애초에 사카야나기 이사장은 아야노코지를 D반에 넣어 3년간 외부에 드러나지 않게 하려 했던 듯했다. 아야노코지도 튀지 않게 지내려고 했으나 담임 차바시라가 A반 승격이라는 야심을 품고 있어서 실력을 발휘해 반 승격에 협조하지 않으면 퇴학당하게 하겠다고 협박했다. 아야노코지는 내키지 않아 하면서도 뒤에서 호리키타를 조종해 반을 도왔다. 하지만 차바시라가 아야노코지의 아버지와 뒤로 연결된 사실이 없으며, 학생을 퇴학시킬 만한 힘도 이유도 없다는 것을 안 지금, 아야노코지가 반 승격에 가담할 이유는 사라졌다. 그래서 「그만하겠다」라며, A반 승격을 방관하겠다는 뜻을 차바시라에게 전한다. 그리고 돌아오는 길, 아야노코지는 땅에 떨어진 부적을 주우면서 카루이자와에게 전화를 걸어 지금까지 있었던 일을 사과하고 앞으로는 도와주지 않아도 된다고 말한다.

mini topic

류엔의 사전 조사

류엔은 2학년 D반 학생에게 포인트를 슬쩍 내비치며 시험 내용을 알아내려고 교섭하는 등 항상 학교 측의 허용과 위반의 경계선을 계속해서 노려왔다. 옥상으로 카루이자와를 불러내기 전에도 다른 장소에서 감시 카메라를 가려, 그렇게 하면 학교 측으로부터 어느 정도의 페널티를 받는지 미리 조사하는 등 주도면밀함을 보였다.

휴일, 아야노코지의 기숙사 방에 뜻밖의 손님이 찾아온다. 전 학생회장 호리키타 마나부였다. 호리키타 마나부는 학생회의 속사정을 털어놓고 고도 육성 고등학교의 전통을 파괴하려고 하는 새로운 학생회장 나구모의 야망을 막기 위해 아야노코지에게 도움을 요청하면서 동생을 학생회에 넣어 뒤에서 조종해달라고 제안한다. 아야노코지는 흥미를 드러내지 않았지만, 호리키타 마나부와 연락처를 교환했다.

한편 류엔의 배후자 X 찾기는 점입가경으로 치닫는다. C반 무투파를 이끌고 D반에 쳐들어간 류엔은 개의치 않고 교실에서 빠져나가는 코엔지의 뒤를 따라간다. 코엔지와 C반 학생 5명, 걱정되어 쫓아온 D반 학생 5명, 그리고 중간에 끼어든 A반 학생 4명이 대치하고 긴장감이 흐르지만, 이 소동 속에서 류엔은 코엔지가 배후자 X가 아니라는 확신을 갖는다.

아야노코지와 류엔, 옥상에서의 결전

2학기 종업식날, 마침내 류엔이 움직인다. 오지 않으면 과거를 폭로하겠다고 협박해서 카루이자와를 옥상으로 불러낸 것이다. 옥상에 있는 감시 카메라에 스프레이를 뿌려 가리고, 알베르트에게 망을 보게 한 류엔은 카루이자와의 입에서 배후자 X의 정체를 끌어내기 위해 힘을 쓴다. 이부키를 시켜 카루이자와를 붙잡고 양동이 물을 계속 끼얹으면서 그녀의 트라우마를 환기시켰다.

또한 류엔은 선상 시험에서 배후자 X가 의도적으로 마나베 무리가 괴롭히게 만들고 증거를 잡은 경위를 말하면서 카루이자와가 처음부터 이용당한 것이라고 말해준다. 그러나 몸과 마음 모두 궁지로 내몰아도 카루이자와는 입을 열지 않았다.

카루이자와로부터 류엔이 불러냈다는 말을 미리 들은 아야노코지지만, 방과 후 아야노코지 그룹과 케야키 몰에서 시간을 보낸 후 차바시라와 교실에서 만난다. 또 호리키타 마나부와 합류해 옥상 사건을 목격할 사람을 준비한 다음 옥상으로 향했다.

아야노코지는 자신이 배후자 X라고 밝히지만, 류엔은 아야노코지의 태연한 태도가 마음에 들지 않는다. 지금까지 방해한 대가를 치르게 하려고 폭력을 휘두르는데 아야노코지는 이시자키, 알베르트, 이부키를 하나하나 제압한다. 그 과정에서 감정이 느껴지지 않는 아야노코지를 보고 난생처음 공포를 느낀 류엔은 싸움에서 진다.

아야노코지는 카루이자와를 복도로 보내 호리키타 마나부와 차바시라에게 보호를 맡기고, 자신은 옥상에 남아 류엔과 대화를 이어나간다. 류엔은 자기가 계속 존재하는 한 C반이 계속 피해를 볼 것이라고 판단한다. 아야노코지는 여기서 일어난 일을 밝힐 생각이 없으니 C반의 내부 다툼으로 처리하면 된다고 제안하지만, 류엔은 이시자키와 알베르트, 이부키가 휘말리지 않도록 혼자 모든 책임을 지고 학교를 그만두기로 결심하고 자신의 스마트폰과 프라이빗 포인트를 이부키에게 맡긴다.

겨울방학 첫날 류엔이 학교에 가고 있는데, 8억 포인트를 모아 C반 모두를 승격시키는 류엔의 계획을 알아버린 이부키가 스마트폰을 돌려준다. 그리고 류엔이 자퇴서를 내려고 하지만, C반 담임 사카가미가 문제 삼은 것은 옥상의 감시 카메라 파손뿐이었다. 뿐만 아니라 D반 학생도 한 명 연루되었기 때문에 D반 측으로부터 이미 수리비를 받았으며 과실 비중을 균등하게 본 것이 맞았는지 확인하고 싶을 뿐이라고 했다. 그때 이시자키와 알베르트가 들이닥쳐 류엔이 퇴학당하면 자신들도 그만두겠다며 요지부동으로 나왔다. 아야노코지가 부린 잔꾀임을 알면서도 두 사람을 인질로 잡은 상황이 되고 말았기 때문에 하는 수 없이 류엔은 퇴학 의사를 접는다.

해 답

아야노코지가 정체를 밝히고 류엔과 맞대결하게 된 것은 아야노코지의 계획에 있던 일이었다. 아야노코지는 음모를 막는 것이 아니라 류엔이 그토록 신망하는 폭력을 사용해 굴복시킴으로써 결판을 냈다.

평범한 학생으로 지내기 위하여

아야노코지는 호리키타를 조종한 배후자 X가 자신임을 들켜서 주목받는 것을 피해야 했다. 내통자가 있다는 사실을 알도록 녹음 파일을 보낸 것도 배후자 X와 카루이자와가 이어져 있음을 암암리에 드러내기 위해서였다. 그렇게 해서 류엔이 계획을 세우고 실행하게 만듦으로써, 아야노코지가 정체를 드러낼 수 있는 장소를 마련하게 했다.

불려 간 카루이자와

류엔은 카루이자와를 학교 옥상으로 불러낸다. 옥상은 연중 개방되어 있는데, 감시 카메라는 숨을 사각지대가 별로 없는 옥상 문 위에 설치된 한 대뿐. 류엔은 카메라에 검은색 스프레이를 뿌려 가림으로써 감시할 수 없게 해두었다. 또한 학교 측에서 어떤 식으로 감시 카메라를 운용하는지 미리 조사했다. 감시 카메라로 늘 감시하는 것은 주요 장소뿐. 사람이 별로 드나들지 않는 옥상의 감시 카메라를 건드려도 학교 측에서 바로 알아차리지 못한다는 것을 알고 있었다.

아야노코지의 노림수

아야노코지는 류엔과의 대결을 이용해 자신에 대한 카루이자와의 의존도를 높이려고 했다. 카루이자와에게서 배후자 X가 누군지 알아내기 위해 류엔 일당이 그녀를 신체적으로나 정신적으로나 괴롭히려 한다는 것을 알았으면서도 곧바로 구하러 가지 않았다. 그리고 약해진 순간에 구해 그녀의 절대적 신뢰를 얻어냈다. 만약 카루이자와가 배후자 X는 아야노코지라는 사실을 털어놓았다고 해도, 그 죄책감을 이용해 앞으로도 그녀를 써먹을 계획이었다.

보험 삼아 증인을 준비

아야노코지는 차바시라와 호리키타 마나부를 옥상 사건의 증인으로 삼는다. 두 사람을 옥상과 이어지는 계단 중간, 옥상을 출입하는 학생을 목격할 수 있지만 현장이 보이지는 않는 장소에 대기시킨다. 그렇게 함으로써 류엔과 결착 짓기 전에 학교 측이 개입하는 것을 방지했다. 그리고 앞으로 만약 류엔이 배후자 X를 이유로 협박하면 차바시라와 호리키타 마나부가 증언하게 할 계획이었다.

류엔의 경험 부족

만약 류엔이 사카야나기, 이치노세와 겨뤄서 많은 경험을 쌓았더라면 아야노코지와 좀 더 가까운 위치에서 싸울 수 있었을 것이다.

류엔의 퇴학을 막은 아야노코지

류엔이 퇴학당하면 사카야나기와 이치노세가 배후자 X를 경계하게 될 것이다. 또 류엔이 사카야나기와 이치노세를 공격해 전력을 깎아준다면 D반은 아야노코지가 없더라도 다른 반과 잘 대결할 수 있다. 그런 이유도 있어서 아야노코지는 이시자키와 알베르트에게 좋은 방법을 알려주고 감시 카메라 파손 수리비도 내서 류엔의 퇴학을 막았다.

겨울방학, 각자의 생각

종업식 날 옥상에서 류엔의 마수로부터 구원받은 이후, 카루이자와는 아야노코지를 의식하기 시작한다. 그런 그녀에게 같은 반 사토가 아야노코지와 크리스마스 데이트에 관해 상담한다. 연애 초보라는 사토와 데이트 계획을 짜면서 카루이자와는 지금 자신에게 히라타라는 존재가 과연 필요한지 자문자답했다. 그리고 사토의 제안으로 카루이자와와 히라타까지 합세해 더블데이트를 한다.

한편 아야노코지는 케야키 몰에서 사카야나기와 카무로를 만났다. 종업식도 코앞으로 다가온 일요일, 아야노코지 그룹은 노래방에 갔다가 돌아오는 길에 사카야나기와 이치노세가 걸어가는 모습을 목격했었다. 그 일에 관해 묻자 콜드리딩을 이용해 이치노세의 약점을 캐냈다고 했다. 또 이치노세와 카무로는 동일한 문제를 가지고 있다고도 했다. 사카야나기는 이치노세를 철저하게 짓밟을 것이라고 선언한다.

사카야나기, 카무로와 헤어진 아야노코지는 영화를 보러 갔는데 공교롭게도 옆자리에 이부키가 앉게 되었다. 기기 문제로 상영이 중단되고, 이부키는 집요하게 싸움을 건다. 어쩔 수 없이 인적 드문 장소를 찾다가 드럭 스토어의 창고에서 한판 붙고. 이부키를 가볍게 제압해 패배를 인정하게 한 후 앞으로는 시비 걸지 않겠다는 다짐을 받는다.

그 후 케야키 몰에서 시노하라, 마츠시타, 사토까지 D반 여학생 세 명을 발견한다. 들키지 않으려고 서점에 숨었다가 류엔을 본다.

크리스마스 이브날 이른 아침, 아야노코지는 케야키 몰과 가까운 벤치로 류엔을 불러낸다. 옥상 사건 이야기를 보충하면서 D반의 성가신 존재 쿠시다를 퇴학시킬 것이라고 말한다. 그리고 8억 포인트 계획이 정말 현실적인지에 관해 이야기하니, C반은 앞으로 카네다와 시이나가 이끌어 갈 것이므로 D반은 일절 건드리지 않고 A반을 공격하게 작업해 두겠다고 류엔이 제안한다. 대신 D반이 최종적으로 A반이 되면 자신의 요구를 받아들여 달라고 한다.

mini topic

아야노코지와 카무로의 관계

류엔이 배후자 X 찾기에 열을 올리던 무렵, 아야노코지는 카무로도 미행하고 있다는 사실을 알아차린다. 카무로는 사카야나기의 지시로 따라다녔는데, 아야노코지와 교환 조건을 맺고 미행이 들킨 걸 숨긴다. 그리고 그와 교류하면서 사카야나기와 아야노코지가 전략에 관해 대화를 나눠도 의문을 드러내지 않았는데, 사카야나기는 그런 카무로의 부자연스러운 태도를 알아보고 의심스러워한다.

아야노코지와 류엔이 밀약을 나누는데, 역시 아야노코지와 만날 예정이었던 호리키타 마나부가 모습을 드러낸다. 호리키타 마나부는 전에 도움을 줬을 때 한 약속을 지키라고 요구한다. 학생회에는 특별시험의 일부를 생각하고 결정할 권리가 있으므로, 폭주하는 나구모로부터 학교를 지키고 질서를 유지하는 것을 도우라고 했다. 그리고 나구모에게 저항하기 위해 2학년 정보를 제공한다.

그 후 아야노코지는 호리키타 스즈네와 케야키 몰에서 만나는데, 쿠시다도 그 자리에 있었다. 아야노코지는 다른 날에 다시 보려고 하지만, 호리키타는 쿠시다와의 관계 개선을 위해서는 숨기는 것이 없었으면 좋겠는지 지금이 아니면 이야기를 듣지 않겠다고 우겼다. 그래서 아야노코지는 호리키타 마나부가 여동생의 학생회 가입을 원한다는 사실을 그 자리에서 전달했다. 호리키타는 전화를 걸어 오빠에게 확인하지만, 학생회에 들어갈 결심이 서지 않는 모습이었다.

크리스마스 데이트와 나구모를 끌어내리기 위한 비밀 교섭

크리스마스에 아야노코지는 사토를 만나는데 카루이자와와 히라타도 합류했다. 카루이자와가 제안한 것으로 가장한 더블데이트였다. 네 사람이 영화관 앞에 다다랐을 때 2학년 집단을 맞닥뜨리고 나구모가 말을 걸었다. 호리키타 마나부가 아야노코지를 주목하면서 나구모도 아야노코지의 동향을 주시하게 되었고, 「내 욕구를 채울 놀이 상대가 되어 달라」며 흥미를 드러냈다.

넷이서 영화를 보고 패밀리 레스토랑에서 식사까지 마친 다음 카루이자와와 히라타는 먼저 돌아가겠다고 했다. 둘만 남았을 때 사토는 아야노코지에게 사귀어 달라고 고백한다. 그러나 아야노코지는 바로 거절했고, 사토가 가고 난 후 수풀 뒤에 숨어 상황을 지켜보던 카루이자와에게 나오라고 말한다. 카루이자와는 아야노코지에게 자신이 사토와 대체될 수 있는 존재가 아닌지 걱정했는데, 아야노코지는 그녀가 사토를 대신할 수 없다고 확신한다.

그 후 아야노코지는 발신번호 표시 제한 전화를 받고 그 사람과 만날 약속을 잡는데, 카루이자와도 같이 가기로 한다. 약속 장소에 나타난 사람은 2학년 키리야마 이쿠토였다. 호리키타 마나부가 주선한, 나구모 끌어내리기의 협력자였다. 표면적으로는 학생회 부회장으로서 나구모를 따르는 것처럼 굴지만, 2학년 전체를 지배하는 나구모에게 반항심을 품은 몇 안 되는 학생이라고 했다. 호리키타 마나부의 뜻을 이어받기 위해, 그리고 후배들에게 피해가 돌아가지 않기 위해서라며 아야노코지에게 정식으로 도움을 요청한다. 물밑에서 협력 관계를 맺기로 합의한 것이다.

키리야마와의 밀담을 마치고 돌아가는 길에 카루이자와는 아야노코지에게 크리스마스 선물을 내민다. 그리고 히라타와의 관계를 정리할지 고민하고 있다고 털어놓는다. 히라타와 헤어져도 이용 가치가 달라지지 않는다는 대답을 듣고 안도한 카루이자와는 히라타와 헤어지기로 결심한다. 아야노코지는 카루이자와를 「케이」라고 부르게 되었고 감기약을 건넸다.

The Tokyo Metropolitan Advanced Nurturing High School Winter Vacation

여기에 주목! **Check Point**

패배를 통해 배우고 급성장하는 호리키타에 주목

호리키타는 오만한 태도가 화를 불러와, 입학한 지 얼마 지나지 않았을 무렵 반 단체 채팅방에서 왕따시킬까 말까 의논하는 이야기가 나올 만큼 고립되었다. 하지만 특별시험을 경험하면서 2학기 중에 특별히 기록할 만한 성장을 이루게 된다.

2학기 초반, 아야노코지는 그녀의 능력을 높이 평가하면서도 반을 이끌기에는 「아직 표리가 없다」라고 여겼다. 그런데 페이퍼 셔플 때 앞장서서 스터디 모임을 만들기도 하고, 쿠시다의 배신을 예측하고 대책을 세우는 등 체육대회 때의 패배를 교훈 삼아 반을 승리로 이끌었다.

호리키타가 선택한 길은 사카야나기와 류엔처럼 힘으로 지배하는 패도가 아니라, 반 아이들과 서로 힘을 합치는 왕도였다. 나중에 호리키타는 반 내부 투표와 선발 종목 시험에서 리더로서의 자질을 꽃피우게 되는데, 그 밑바탕은 2학기 때부터 자라난 것이다.

또한 쿠시다를 집요하게 설득하는 방침도, 페이퍼 셔플을 계기로 굳어졌다. 이 부분은 훗날 아야노코지와 의견 차이가 보이는 점에도 주목해주었으면 한다.

사토와의 관계에서 아야노코지가 얻은 깨달음

사토에게 고백받은 아야노코지는 명확한 답이 없는 사건에 처음에는 당혹스럽고 가혹함마저 느낀다. 그러나 지금까지 경험해 보지 않았던 「0 또는 1 이외의 것을 찾아서 이 학교에 들어온 게 아닌가」라며 생각을 고친다.

The second term-Winter Vacation

2학기 종료 시점의 반 포인트

1-A (사카야나기 반)	1-B (이치노세 반)	1-C (류엔 반)	1-D (호리키타 반)
974 포인트	**653** 포인트	**342** 포인트	**362** 포인트

특별시험 1월 - 혼합 합숙 -

8권

해가 바뀌고 3학기가 시작되자 호리키타의 반은 류엔 반과 교체되는 형태로 C반이 된다. 그리고 신학기가 되자마자 고도 육성 고등학교의 모든 학생은 산속으로 이동한다. 숲속 학교에서 치르게 된 특별시험의 명칭은 『혼합 합숙』. 학년별로 남녀 따로 여섯 개의 소그룹을 만든 다음 각 학년에서 한 개의 소그룹씩 합류하여 대그룹을 형성하고 7박 8일간 합숙하는 것이다. 1학년들은 다른 반 학생과 선배와 함께 행동해야 하는 데다 퇴학자가 발생한다는 규칙을 듣고 당황하면서 시험에 임한다.

요 점

　　혼합 합숙의 주된 목적은 학생들의 정신적 성장을 촉진하는 데 있다. 또한 체육대회에 이어서, 평소 학교생활을 할 때 접할 기회가 적은 학생들과 원활한 관계를 구축할 수 있는지 확인하고 배우는 자리가 된다. 한편 혼합 합숙과는 별개로, 2학년 나구모와 3학년 호리키타 마나부는 시험 결과를 놓고 개인적으로 대결한다.

혼합 합숙에서의 생활

　　시험은 남녀별로 나누어서 치른다. 시험 중에도 남녀는 다른 건물에서 생활한다. 하루에 딱 한 시간, 식당에서 다 함께 모여 식사한다. 거기서만 서로의 상황을 논의할 수 있다. 또한 휴식 시간, 방과 후에도 허락 없이 건물 밖으로 나갈 수 없다.

혼합 합숙의 규칙

규칙 1
숲속 학교에서 남녀로 나뉘어 7박 8일간 합숙한다.

규칙 2
남녀 별로 여섯 개의 그룹을 형성. 1학년 각 그룹의 인원수는 10~15명. 그룹 내에는 최소 두 반 이상의 학생이 필요하다.

규칙 3
이 그룹을 『소그룹』이라고 하며, 합숙 중에는 소그룹이 함께 생활한다.

규칙 4
소그룹 중 한 사람이 『책임자』가 된다.

규칙 5
2학년 소그룹, 3학년 소그룹과 합친 1~3학년 소그룹을 『대그룹』이라고 한다. 최종적으로 여섯 개의 『대그룹』이 완성된다.

규칙 6
시험 결과는 대그룹 맴버 모두의 평균점으로 낸다.

규칙 7 시험은 합숙하면서 배우는 『도덕』, 『정신 단련』, 『규율』, 『주체성』에 관한 항목을 친다. 그러나 어떤 방식으로 치르게 될지는 당일까지 공개되지 않는다.

기본 보수

♛ 1위	+1만 프라이빗 포인트 +3 반 포인트
2위	+5,000 프라이빗 포인트 +1 반 포인트
3위	+3,000 프라이빗 포인트
4위	−5,000 프라이빗 포인트
5위	−1만 프라이빗 포인트 −3 반 포인트
6위	−2만 프라이빗 포인트 −5 반 포인트

그룹 편성으로 달라지는 보수

개인에게 지급되는 기본 보수는 소그룹 내의 반 수와 인원수에 따라 배율이 달라진다. 소그룹이 세 반 구성이면 2배, 네 반 구성이면 3배. 또한 소그룹의 인원수 10명을 1배라고 보고 11명이면 1.1배, 최대 15명이 1.5배가 된다. 네 반 구성에 15명인 소그룹이 더 많은 성과를 얻을 수 있다. 한편 4~6위의 마이너스 포인트에는 적용되지 않는다.

A반의 노림수

A반은 카츠라기가 책임자인 14명 그룹을 만들고 다른 반에서 한 명만 받아들이기로 한다. 거기에 C(호리키타)반의 야마우치가 들어가고. 두 반

구성이어서 기본 보수 배율은 낮다. 리드 중인 A반은 보수보다도 1위를 차지함으로써 다른 반이 많은 보수를 받지 않도록 하는 것을 우선했다.

커트라인

최하위가 된 대그룹에서 퇴학자가 나온다. 단, 학교 측이 설정한 평균점 커트라인을 넘지 못한 소그룹의 책임자만 퇴학당하게 된다. 그때 연대 책임으로 책임자가 지목한 한 명도 같이 퇴학당한다. 또한 지목 가능한 것은 커트라인을 넘지 못한 원인 중 하나라고 학교 측에서 인정한 학생뿐. 퇴학자가 발생했을 경우 한 명당 -100 반 포인트. 반 포인트가 부족할 경우에는 반 포인트가 들어온 타이밍에 정산한다. 정산이 끝날 때까지는 계속 0이다. 퇴학을 취소하는 『구제』는 2,000만 프라이빗 포인트와 300 반 포인트가 필요하다.

그룹 나누기

나구모가 속한 대그룹

아야노코지가 속한 소그룹
C반 • 코엔지, 유키무라(책임자), 아야노코지
D반 • 이시자키, 알베르트
B반 • 스미다, 모리야마, 토키토
A반 • 토츠카, 하시모토

호리키타 마나부가 속한 대그룹

소그룹 1
3학년 C반 • 니노미야 쿠라노스케(책임자)

소그룹 2
A반 • 카츠라기(책임자), 마토바를 비롯한 A반 14명
C반 • 야마우치

Story

특별시험 『혼합 합숙』

지켜만 보기로 한 아야노코지와 마음대로 움직이기 시작한 나구모

　합숙 장소로 가는 버스 안에서 차바시라가 한 설명에 따르면 이번 특별시험에서 최대 336 반 포인트를 획득하는 것도 가능하다고 한다. 결과에 따라서는 반 순위 변동도 일어날 수 있는데, 아야노코지는 이번 특별시험에서 이기기 위한 전략을 짤 생각이 없었다. 차바시라의 협박이 거짓임을 안 이상 최소한의 정보는 모으면서도 평범한 학생으로서 졸업하기 위해 방관자가 되어 서서히 페이드아웃할 계획이었다.

　합숙 장소인 숲속 학교 건물에 도착하자마자 체육관에서 그룹 결정 논의가 진행되었다. A반이 일찍부터 움직이기 시작하자, 류엔 반의 카네다가 다른 반에 연합하자고 제안한다. 류엔을 어느 그룹에 넣을지를 두고 난항을 겪으면서도 차츰차츰 소그룹이 완성되어 갔다. 대그룹 나누기까지 다 마친 후 학생회장 나구모가 호리키타 마나부에게 대결을 신청하고, 호리키타 마나부는 「다른 학생은 끌어들이지 않을 것」을 조건으로 받아들였다.

　한편 1학년 소그룹 책임자를 정하는 가위바위보에 코엔지가 참여하지 않으려고 하는 모습을 본 나구모는 코엔지의 주장에 모순점이 있다고 지적한다. 그리고 선배의 프라이빗 포인트를 졸업 전에 현금으로 사들이겠다고 제안했던 것이 드러난다. 결국 아야노코지가 속한 소그룹은 어쩔 수 없이 유키무라가 손을 들어 책임자에 입후보했다.

　고생하면서 맞이한 둘째 날 저녁식사 후, 복도에서 야마우치가 사카야나기와 부딪쳐 그녀를 넘어뜨리고 만다. 또 소등 시간 전에는 아야노코지가 속한 소그룹 방에 나구모와 키리야마를 비롯한 대그룹 선배들이 찾아와 아침 식사 당번을 걸고 도둑잡기 카드놀이를 하기로 한다. 나구모가 제일 먼저 딜러를 맡았을 때 조커에 표시를 해두었는데 그 사실을 알고 있던 선배들은 잡담하면서 카드를 교묘하게 섞은 나구모의 승패 예측대로 게임을 전개해 나간다. 그동안 나구모는 1학년들의 반응을 살폈다. 합숙이 진행되면서 코엔지의 이기적인 행동과 나쁜 짓만 일삼는 이시자키 때문에 그룹에 불협화음이 발생하고 있었다. 아야노코지는 합숙 사흘 차 저녁식사 때 카루이자와와 접선한다. 여자 그룹 구성 정보를 얻으면서 나구모와 친한 2학년 여학생 아사히나 나즈나를 감시하라고 부탁한다. 또 늦은 밤에 호리키타 마나부를 만나 시험 상황을 파악했다.

움직이고 있었던 사카야나기

야마우치에게 밀려 넘어진 후 사카야나기는 아야노코지와 대화를 나눈다. 이치노세가 부정하게 포인트를 대량으로 가지고 있다는 소문이 전부터 돌고 있다면서, 이치노세가 B반의 금고 역할을 맡은 게 아닌지 추측한다. 그런데 사카야나기는 류엔이 퍼트린 것으로 되어 있는 이치노세의 소문이 사실 아야노코지의 소행이었다는 사실은 모르는 눈치였다.

나구모의 방식을 확인하는 아야노코지

합숙 5일 차에는 마지막 날 시험으로 치를 역전 달리기 왕복 18㎞ 코스를 미리 답파하기로 했다. 코엔지는 멧돼지를 쫓아 샛길로 빠지고, 유키무라는 다리를 삔다.

다음 날 저녁식사 후, 아야노코지는 카루이자와에게 받은 정보를 바탕으로 아사히나를 만나고, 예전에 학교에서 부적을 주워준 보답으로 여자 그룹 정보를 얻는다. 아사히나에 따르면 나구모를 믿고 따르는 2학년 여학생들이 모인 소그룹이 있는데 3학년 A반 타치바나가 속한 대그룹에 들어갔다고 했다.

여러 사고에 휩쓸린 아야노코지의 소그룹은 분위기가 험해져 있었다. 하지만 6일 차 밤, 소동 후 하시모토가 자신의 과거 이야기를 꺼낸 것을 발단으로 유키무라도 자기 이야기를 털어놓고 그전까지 까칠하게 굴던 이시자키도 멤버들을 배려하게 된다. 하시모토의 기지로 그룹다운 결속력을 보이게 되었다.

시험 전날, 아야노코지는 타치바나에게 호리키타 마나부에게 도움을 청하라고 조언하지만, 그녀는 민폐 끼칠 수 없다며 거부. 아야노코지는 혼자서 모은 정보를 통해 호리키타 마나부가 「완전히 궁지에 몰려 있다」라고 판단한다.

늦은 밤, 아야노코지는 방을 빠져나가는 하시모토를 미행하고, 하시모토가 류엔과 밀회하는 장면을 목격한다. 거기에 호리키타 마나부와 나구모도 찾아오고, 나구모는 호리키타 마나부에게 시험을 기권하라고 경고한다.

마지막 날. 긴 시험을 마치고 호리키타 마나부가 속한 대그룹이 남자 종합 1위를 차지하여 호리키타 마나부와 나구모의 대결은 호리키타 마나부의 승리로 끝났다. 남자 쪽에서는 퇴학자가 나오지 않았지만, 여자 쪽은 최하위가 된 대그룹 중 3학년 B반 이카리 모모코의 소그룹이 커트라인을 넘지 못해, 책임자인 이카리가 퇴학 처분을 받았다. 이카리는 연대 책임을 질 사람으로 타치바나의 이름을 불렀다. 나구모는 자신과 호리키타 마나부의 대결로 주위 시선을 끌면서 뒤로는 자신의 입김이 닿는 여자 소그룹이 타치바나를 노리게 했던 것이다. 지금까지 쌓아왔던 「약속을 지킨다」, 「승부는 진지하게」와 같은 주위의 신뢰를 배반하면서까지 나구모는 호리키타 마나부에게 타격을 가하는 책략을 썼던 것이다. 호리키타 마나부는 신뢰를 배신한 나구모의 계략에 걸려들고 말았다.

결국 호리키타 마나부의 3학년 A반은 2,000만 프라이빗 포인트와 300 반 포인트를 내고 타치바나의 퇴학 처분을 무산시킨다. 또 3학년 B반도 나구모가 2학년 모든 반에게서 모아 제공한 2,000만 프라이빗 포인트와 300 반 포인트를 내고 이카리를 구제. 두 반이 구제 권리를 행사하는 전개가 되었다. 3학년 A반과 3학년 B반의 반 포인트 차는 줄어들지 않았으나 나구모는 호리키타 마나부의 반이 막대한 프라이빗 포인트와 반 포인트를 토해내게 만드는 데 성공했다.

mini topic

A반 승격을 위한 호리키타의 각오

혼합 합숙에서 호리키타는 쿠시다와 같은 소그룹이 되었다. 그 이유는 쿠시다를 감시하는 목적도 있지만 쿠시다와의 관계 개선을 바랐기 때문이다. 이것이 마음에 들지 않는 쿠시다는 완강한 태도를 바꾸지 않는데 이때 호리키타는 설령 아야노코지로부터 도움을 얻지 못한다고 해도 자신은 쿠시다를 선택하겠다는 결심을 새로이 굳혔다.

해 답

아야노코지를 비롯한 남자 그룹에서는 퇴학자가 나오지 않았다. 반면 여자 그룹에서는 커트라인을 넘지 못한 소그룹이 나오면서 호리키타 마나부와 같은 반인 타치바나가 퇴학 처분을 받는데…….

단합력이 없는 아야노코지 그룹

시험 중에는 소그룹별로 집단생활을 해야 한다. 소그룹 내의 소통이 중요한데, 아야노코지 일행은 잘 풀리지 않는다. 한편 코엔지는 자기 마음대로 침대를 고르기도 하고 아침 식사 당번을 빠지는 등 이곳에서도 자기 멋대로 행동하여 불화를 초래한 한 가지 원인이 되었다.

시험 내용의 난이도

마지막 날 있을 시험은 합숙하면서 배운 내용을 잘 기억하면 낮은 점수를 받지 않게끔 되어 있다.

시험 과목

『선(禪)』

채점 기준은 두 가지. 도장에 들어온 후부터의 작법, 동작. 좌선 중 흐트러짐의 유무.

『스피치』

성량, 자세, 내용, 전달 방식까지 총 네 가지가 채점 기준.

『역전 달리기』

코스 왕복 18㎞를 소그룹끼리 완주한다. 한 사람당 최소 1.2㎞ 이상은 달려야 한다.

『필기 시험』

합숙하면서 배운 내용을 출제. 요점을 알면 만점을 받을 수 있다. 고전하는 학생이라도 50~70점 정도는 받을 수 있는 수준의 난이도.

나구모에 관한 정보 수집

나구모가 3학년 B반 이시쿠라에게 A반으로 올라가도록 도와주겠다는 의미심장한 발언을 했던 것. 또 이번 시험의 규칙을 정하고 구축하는 데 학생회가 관여했다는 것. 그러한 일들의 진의를 파악하기 위해서 아야노코지는 나구모에게 물들지 않은 아사히나로부터 정보를 얻는다. 여자 대그룹을 정할 때 나구모를 따르는 멤버가 있는 소그룹이 요청해서 타치바나와 같은 대그룹이 되었다는 사실을 알아낸다.

예상 밖의 결과

호리키타 마나부가 속한 대그룹이 1등. 2등은 나구모가 속한 대그룹으로 아야노코지의 소그룹이 속해 있다. 여자 그룹에서는 3학년 C반 아야세 나츠가 속한 대그룹이 1등. 여기에는 호리키타와 쿠시다의 소그룹이 포함되어 있다. 최하위는 3학년 B반 이카리 모모코가 속한 대그룹. 이카리의 소그룹은 커트라인을 넘지 못했고, 책임자 이카리는 연대 책임을 질 사람으로 타치바나를 지목한다. 타치바나와 이카리는 결국 구제받았다.

신뢰를 저버리고 쓴 책략

나구모는 류엔처럼 반칙이나 다름없는 짓도 마다하지 않으며 2학년 전체를 장악해왔다. 그러나 약속한 것은 깨는 법이 없어서, 그런 의미에서는 신뢰를 얻었다. 이번에 호리키타 마나부를 상대하며 그동안 쌓아온 신뢰를 배반하면서까지 타치바나를 퇴학으로 내몰았다. 신뢰와 존경을 버리면서까지 승부를 펼치고 싶다는, 호리키타 마나부에 대한 집착을 다른 학생들에게 각인시켰다.

사카야나기의 이치노세 잡기

2월

9권

　　혼합 합숙에서 반 순위 변동은 없었지만 2월에 학년말 시험이 있고 그 후에는 특별시험이 있을 예정이다. 시험 전까지 반 대결과는 무관한 일상이 이어질 듯했는데, 호리키타 반(C반)은 히라타와 카루이자와의 결별이 화제에 올랐다가 바로 이치노세에 관한 나쁜 소문이 돌게 된다. A반 사카야나기가 B반을 공격하기 시작한 것이다. 그리고 이 모함 사건은 1학년 전체를 끌어들이는 큰 소동으로 발전했다.

요 점

사카야나기가 A반 학생을 움직여 학교에 퍼트린 이치노세의 소문. 그 것은 그녀를 비방하는 내용이었다. 주위에서 걱정하는 가운데, 이치노세 는 그 소문에 대해 학교 측에 대처를 요구하지 않고 학교 측도 가만히 있 는다. 소문은 점점 퍼져나가고 이치노세의 마음에 타격을 준다.

사카야나기와 나구모의 밀약

사카야나기는 나구모의 정보를 바탕으로 이치노세 본인으로부터 직접 과거에 도둑질한 적 있다는 이야기를 듣는다. 그 과거를 이용해서 B반을 공격한다. 그 전에 사카야나기는 학생회장 나구모와 만났다. 그리고 나구 모로부터 학생회도 묵인할 것이라는 언질을 잡은 다음 이치노세의 소문 을 퍼트렸던 것이다.

B반 칸자키와 A반 하시모토

「폭력 사태를 일으킨 과거가 있다」, 「원조 교제를 했다」, 「절도, 강도 짓을 했다」, 「약을 한 적 있다」 등 이치노세에 관한 나쁜 소문은 그 종류 도 다양했다. 이치노세를 지키기 위해 칸자키는 소문의 출처를 찾다가 A 반에서 흘러나왔음을 알아낸다. 하시모토가 방과 후에 남아 있었던 것을 따졌지만, A반을 움직여 소문을 퍼트린 배후를 특정하지는 못했다.

소문 속에 있는 진실

많은 소문이 퍼졌는데도 학교에 대응을 바라지 않는 이치노세를 보고 아야노코지는 소문 속에 진실이 있어서라고 추측한다.

Story

사카야나기의 이치노세 잡기

이치노세에게 뻗치는 사카야나기와 나구모의 모략

전 학생회장 호리키타 마나부는 이치노세가 나구모에게 포섭될까 염려해서 그녀의 학생회 입부를 보류했다. 하지만 나구모는 이치노세를 자신의 장기 말로 길들이려는 속셈이 있어서, 우수한 그녀가 A반에 배정되지 못했던 이유로 짐작되는 부분을 비밀에 부치겠다며 털어놓게 했다. 그렇게 해서 이치노세가 중학교 시절 도둑질을 했고 반년 정도 학교에 가지 않았다는 이야기를 듣는다. 그 결과 나구모의 추천으로 이치노세는 여름방학 전에 학생회에 들어갔던 것이다. 그리고 지금 이치노세를 손아귀에 넣고 싶은 나구모와 정신적으로 궁지에 몰고 싶은 사카야나기의 이해가 일치. 나구모는 사카야나기가 하는 짓을 묵인하겠다고 확실히 밝히고, 사카야나기는 나구모 학생회장의 방침으로는 「어디까지 해도 괜찮은지」 확인했다. 그리고 사카야나기와 교대하며 쿠시다가 학생회실에 들어왔다.

폭력 사태, 원조 교제, 절도, 강도, 약물과 같은 이치노세에 대한 비방은 삽시간에 학교에 퍼졌다. 아야노코지는 호리키타의 방에서 이치노세의 입을 통해 소문의 출처가 사카야나기일 가능성이 높다는 말을 듣는다. 그 이유로, 사카야나기에게 선전포고를 받았기 때문이라고. 그러나 이치노세는 소문에 과하게 반응할 생각은 없었다.

2월 11일 금요일, 아야노코지가 학교에서 돌아오니 1학년 기숙사 로비에 사람들이 모여 있었는데, 모든 학생의 우편함에 「이치노세 호나미는 범죄자다」라고 적힌 프린트가 들어 있었다. B반 학생들이 동요하는 가운데, 군중을 차분히 관찰하던 칸자키가 아야노코지를 뒤따라와 방에 들어온다. 그는 입학식으로부터 일주일이 지났을 무렵, 편의점에서 물건을 훔치는 장면을 사카야나기에게 들켜서 비밀을 보호받는 대신 협력했다고 고백. 미성년자는 살 수 없는 맥주 캔을 꺼내며 절도 상습범임을 증명했고 같은 처지에 놓인 이치노세를 동정해 사카야나기를 멈춰주길 바란다고 부탁했다. 카무로가 돌아간 후, 아야노코지는 편의점에 가다가 호리키타 마나부에게 전화를 받는다. 쿠시다가 나구모와 접촉해 호리키타 스즈네의 퇴학을 도와달라고 요청했으며 아야노코지의 존재 또한 성가시다고 했다는 듯했다.

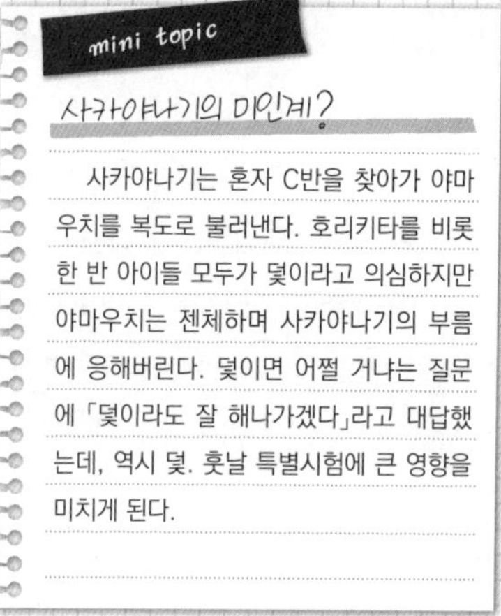

이날, 아야노코지는 사카야나기의 전략에 미리 대비하기로 하고 쿠시다를 방으로 부른다. 그리고 동급생의 약점이 될 개인 정보를 제공받아 소문을 퍼트리자고 제안한다. 여러 학생의 안 좋은 소문이 만연해지면 학교 측이 더는 가만히 있지 못하고 사태 수습에 나설 것이라며. 그 대신 앞으로 자신에게 들어올 프라이빗 포인트를 절반 양도하겠다고 약속하고, 쿠시다와 장기적인 기브 앤 테이크 관계를 맺은 것처럼 믿게 만들었다. 이는 쿠시다가 가진 정보의 양과 질을 확인하기 위한 방책이기도 하면서, 예전에 류엔에게 선언했던 대로 쿠시다를 퇴학시키기 위한 포석이기도 했다. 한편 쿠시다는 이때 나눈 대화를 녹음했다.

한 주가 지난 2월 14일 월요일, 아야노코지는 나구모 실각을 노리는 키리야마 부회장과 접촉한다. 1학년 A반을 제외한 반의 학교 게시판에, 쿠시다에게서 받은 정보를 키리야마가 올리게 했다.

죄의 고백과 이치노세의 부활

학년말 시험 전에 가시험을 치른 후 2월 18일 금요일, 게시판에 비방 글이 올라온 D반 학생들이 A반 하시모토와 키토 하야토에게 가서 따진다. 아야노코지의 C반도 그 자리에 있었는데, 하시모토는 용의를 부인하지만 A반 대 D반의 싸움이 촉발. 이날부터 아야노코지의 이치노세 「마음 무너뜨리기 작업」이 시작된다. 아야노코지는 연일 학교를 빠진 이치노세의 방 앞에 가서 그녀가 무거운 입을 열길 기다렸다. 그리고 2월 23일 수요일, 마침내 이치노세는 문 앞에 있는 아야노코지에게 죄를 고백한다. 중학교 때 여동생의 생일 선물을 마련하려고 백화점에서 헤어클립을 훔쳤는데, 아픈 어머니에게 그 사실을 들키고 크게 혼나면서 무슨 잘못을 저질렀는지 깨달았다고. 모녀가 찾아가 사죄하자 가게 주인은 경찰에 신고하지 않았지만 소문이 널리 퍼지고 자책감에 반년 정도 방에 틀어박혔다는 것. 꺾여버린 이치노세의 마음은 아야노코지에게 죄를 고백하면서 다시 회복하고 그렇게 그녀는 한 뼘 성장한다. 다음 날인 24일 목요일, 이치노세는 등교해 A반 학생들이 B반에 와 있을 때 반 아이들 앞에서 죄를 고백했고, 아이들은 그럼에도 그녀를 따르겠다고 맹세한다.

그때 나구모, 호시노미야, 차바시라가 나타나 개인을 모함하는 소문이 만연하는 것을 학교 측에서는 더 이상 바라지 않는다며, 소문을 쉽게 퍼트리는 행동을 금하고 사건을 매듭짓는다. 그렇게 해서 사카야나기의 책략도, 상처받은 이치노세를 구해주는 척하면서 자신의 장기 말로 삼고 싶었던 나구모의 책략도 모두 실패로 끝났다.

그 후 아야노코지는 사카야나기의 호출에 1층 현관 앞으로 간다. 이번 일련의 소동은 「아야노코지의 관심을 끌기 위해서」라고 사카야나기가 말하면서 다시 한번 아야노코지에게 대결을 신청한다. 사카야나기가 이기면 C반의 배후자가 아야노코지라는 사실을 공개하고, 아야노코지가 이기면 사카야나기가 학교를 그만두는 것. 그 조건에 아야노코지는 사카야나기와의 대결을 받아들인다.

2월 25일 금요일, 학년말 시험 날 아침에 이치노세는 아야노코지에게 다시 한번 고맙다고 말하면서 밸런타인 초콜릿을 준다.

해 답

카무로에게 들은, 과거에 이치노세가 물건을 훔쳤다는 사실. 그리고 사카야나기가 이치노세를 노리고 있다는 것. 아야노코지는 이치노세의 마음을 사카야나기가 짓밟기 전에 먼저 꺾이게 했다가 다시 회복시키는 방법으로 그녀를 구원한다.

2월 11일의 아야노코지

「이치노세 호나미는 범죄자다」라고 적힌 편지가 우체통에 들어 있던 날, 카무로는 이치노세가 과거에 도둑질한 적 있다고 아야노코지에게 알린다. 카무로도 예전에 도둑질 상습범이었기에 이치노세의 처지를 동정하고 있었다. 그래서 카무로는 배후자인 사카야나기가 이치노세의 마음을 짓밟기 전에 아야노코지에게 이치노세를 도와주면 좋겠다고 말한다.

아야노코지는 이번 기회를 이용해 이치노세의 신뢰를 얻기 위해 행동에 나선다.

맥주 캔의 유통기한

카무로가 도둑질 상습범임을 증명하려고 훔쳐 온 맥주 캔. 그 유통기한은 가게에 있는 똑같은 제품보다 4달 이상 전의 것. 입학 직후 카무로가 훔치다가 사카야나기에게 들켰었는데 그때의 맥주 캔을 가져온 것이다. 그 캔은 사카야나기가 보관하고 있었다.

아야노코지의 움직임

2월 11일 늦은 밤. 아야노코지는 쿠시다와 교섭해 그녀가 가지고 있는 학생들의 비밀을 들었다. 그리고 14일에 키리야마를 시켜 그 정보를 학교 게시판에 뿌리게 했다. 나구모 실각을 노리는 키리야마로서도 협력자 아야노코지와의 사이에 빚진 관계가 형성되면 이익이다. 키리야마는 제안을 받아들여 소문을 퍼트린다. 호리키타 반의 소문은 「아야노코지 키요타카가 카루이자와 케이에게 호감을 가지고 있다」, 「혼도 료타로는 비만인 여자한테만 관심 있다」, 「시노하라 사츠키는 중학교 때 매춘을 했다」, 「사토 마야는 오노데라 카야노를 싫어한다」였다. 이는 학교 측을 움직이게 하는 포석이기도 했다. 만약 비방 때문에 학생이 학교를 그만두는 일이 발생한다면 학교 측의 지위와 명예가 실추된다. 아야노코지의 포석이 하나의 계기가 되어 학교 측에서 개인을 모함하는 소문을 금지하는 일로 이어졌다.

나구모의 책략을 망친 아야노코지

아야노코지는 마음의 상처가 회복되지 않아 학교에 나오지 않는 이치노세를 계속 찾아간다. 그리고 그녀의 입에서 도둑질한 과거를 이끌어내고, 자신의 과거를 직시하여 성장하도록 도왔다. 그 결과 나구모가 노렸던, 자기 손으로 이치노세를 도와 포섭하려던 의도는 실패로 돌아갔다. 나중에 이치노세는 나구모가 자신의 과거를 발설했다는 것을 알아차리지만 그를 원망하지 않고 정신적으로 강하게 성장한 모습을 보였다.

아야노코지가 얻은 신뢰

이번 사건으로 이치노세는 성장했다. 어떤 의미에서 다른 학생들의 입장에서는 강력한 라이벌이 탄생했다고도 볼 수 있다.

그런 그녀에게 아야노코지는 「만약 또 자신을 잃을 것 같다면 나한테 말해」라고 얘기한다. 이치노세는 그 말을 받아들였다.

추가 특별시험 － 반 내부 투표 －

10권

　　학년말 시험에서도 낙제점을 받은 학생은 나오지 않아 지금까지 1학년에서 퇴학자는 한 명도 없었다. 이는 고도 육성 고등학교 역사상 처음 있는 일이었다. 원래라면 기뻐해야 할 일이지만 학교 측은 이례적인 사태에 추가 특별시험을 치르겠다고 발표한다. 이 특별 조치는 1학년 담임들에게 있어서도 아닌 밤중에 홍두깨 같은 이야기인 듯했다. 이번 특별시험 『반 내부 투표』는 반마다 퇴학자를 한 명 만드는 것이어서, 그 부당한 내용에 학생들로부터 불만이 터져 나왔다.

요점

1학년에서 퇴학자가 나오지 않았기 때문에 츠키시로 이사장 대행은 1학년만 추가 특별시험을 치르게 했다. 지금까지 친 특별시험과 달리 이번 특별시험에서는 반드시 퇴학자를 만들어야 한다는 부당한 내용이었다.

반 내부 투표의 규칙

규칙 1
칭찬표와 비판표는 서로 상쇄된다.
칭찬표-비판표=결과.

규칙 2
칭찬표와 비판표를 불문하고 자기 자신에게는 투표할 수 없다.

규칙 3
같은 인물에게 복수 투표, 무기입, 기권 등의 행위도 절대 불가하다.

규칙 4
일등과 최하위가 정해질 때까지 시험은 계속되며 최하위가 된 사람은 퇴학당한다.

규칙 5
다른 반 학생에게 투표하기 위한 전용 칭찬표도 각자 한 표씩 가지며, 기입은 강제성을 띤다.

추가 규칙

추가 1
시험 당일 전까지 학생들은 반 친구들을 평가한다.
시험 당일, 칭찬할 학생 세 명에게 「칭찬표」, 비판할 학생 세 명에게 「비판표」를 던진다.

추가 2
칭찬표를 가장 많이 받은 1위 학생은 퇴학 조치를 무효로 돌리는 「프로텍트 포인트」를 획득한다.

교사의 반응

시험에서 일정 이하의 결과를 낸 학생이 퇴학당하는 지금까지의 시험과 달리, 반 내부 투표는 학생들이 일 년 가까이 함께 지낸 친구 중에서 퇴학자를 뽑는 것이다. 차바시라를 비롯한 교사들은 이러한 시험 내용과 추가로 시험을 치르게 하여 학생들에게 부담을 강요하는 사실을 무겁게 받아들였다. 특히 마시마는 츠키시로 이사장 대리에게 퇴학자를 꼭 만들어야 하는 부당함을 지적한다. 그러나 항의는 받아들여지지 않았고 시험이 시행된다.

또한 츠키시로는 교사들에게 반 내부 투표를 설명할 때 문화제 개최도 검토하고 있다고 말한다. 학교 특성상 원래 일반인에게 개방하는 행사는 하지 않았다. 그러나 정부의 기대를 받는 학교인 만큼 더 다양한 시도를 해야 한다고 주장. 한편, 문화제는 정계 등 학교 관계자를 대상으로 한다고 설명했다.

C(호리키타)반의 방황

방침이 없고 학생들이 각자 알아서 투표하게 된 C반. 반 내부 투표는 퇴학자가 나와도 페널티는 없다. 어떤 의미에서는 A반 승격을 목표로 하기 위해 필요 없는 학생을 쳐낼 기회였다. 그 사실을 알아차린 코엔지는 「마음을 바꿨다」면서 앞으로는 반에 공헌하겠다고 나왔다. 코엔지가 지금까지의 태도를 돌이켜봤을 때 자신이 불필요한 학생 쪽이라고 느껴서 한 발언이었다.

서로에게 칭찬표를 주기로 한 아야노코지 그룹

반 내부 투표는 투표일까지 누구에게 비판표를 모을지가 중요한 열쇠가 된다. 한편 그룹을 형성해서 서로에게 칭찬표를 줌으로써 퇴학자가 될 위험을 줄이는 것도 중요하다. 아야노코지 그룹은 서로에게 칭찬표를 주기로 결정했다.

그런데 반에 큰 그룹이 형성되더니 한 학생에게 비판표를 모으는 쪽으로 유도하기 시작한다. 표적이 된 사람은 아야노코지였다.

응보를 받는 류엔

D(류엔)반에서는 류엔이 퇴학 후보 0순위가 된다. D반 학생 대부분이 류엔에게 비판표를 던지기로 합의했다. 류엔 본인도 그것을 받아들였다.

퇴학자가 나오지 않게 하기 위하여

B(이치노세)반은 반 내부 투표에서 퇴학자가 나오지 않게 할 방침이었다. 비판표를 가장 많이 받아 퇴학 처분을 받은 학생에게 2,000만 프라이빗 포인트를 써서 퇴학을 취소시키는 것이다. 그러나 만일의 사태에 대비해 모아둔 프라이빗 포인트가 부족했다.

반을 위해 결심을 굳힌 이치노세는 나구모와 교섭한다. 대략 400만 프라이빗 포인트를 빌리는 대신 나구모와 사귀어야 하는 처지에 빠진다.

통솔이 잘 되는 A(사카야나기) 반

시험 발표 후 사카야나기는 바로 퇴학자를 지목했다. 자신과 대립하던 카츠라기였다. 사카야나기의 제안에 학생 대부분이 찬성. 카츠라기 본인도 류엔과의 계약으로 프라이빗 포인트가 D반에 넘어간 것에 책임을 느꼈기에 사카야나기의 제안을 거스르지 않았다.

Story Guidance vol.10

Story

추가 특별시험 『반 내부 투표』

물밑에서의 각 반의 동향

반 내부 투표 실시가 발표된 것이 3월 2일 화요일이고 시험은 6일 토요일 아침에 있다. 즉, 고작 나흘 안에 누구에게 투표할지 정해야 하는 것이다. 아야노코지 그룹 멤버는 표적이 되지 않기 위해 그동안 튀지 말자고 말을 맞춘다.

A반에서는 사카야나기의 지시 아래 일찌감치 카츠라기 추방으로 의견이 모였는데, 한편으로 사카야나기는 호리키타 반(C반)의 야마우치를 만났다. 원래 C반의 스파이로 삼으려고 계속 접촉하고 있었는데, 이번 특별시험이 시작되었으니 야마우치를 이용한 계책을 실행에 옮긴다. 시험 후 월요일에 단둘이 만나자고 넌지시 말하면서, 쿠시다를 통해 아야노코지를 희생양으로 삼으라고 교묘한 말로 유도한다.

3월 3일 수요일, 등교하던 아야노코지에게 2학년 A반 아사히나가 말을 건다. 이치노세가 2,000만 프라이빗 포인트를 모아 퇴학자를 구제하는 길을 모색하고 있는데, 부족한 포인트를 빌릴 수 없는지 나구모에게 상의했다는 것이다. 나구모는 포인트를 제공하는 대신 자신과 사귀는 조건을 내걸었다.

방과 후 아야노코지는 사카야나기를 만나고, 사카야나기의 아버지인 이사장이 정직되었다는 사실을 듣는다. 그리고 아야노코지와 사카야나기의 대결 약속은 이번에 보류하고 다음 특별시험 때 하기로 합의했다.

같은 날, 아야노코지는 이치노세를 방으로 부르고 B반이 퇴학자를 구제하려면 400만이 좀 더 넘는 프라이빗 포인트가 필요하다는 이야기를 듣는다. 또 이날, 류엔 반(D반)의 이시자키와 이부키도 아야노코지의 방을 찾아왔다. D반은 류엔을 추방하는 쪽으로 90% 정도의 의견이 모아졌으나, 반이 승격하려면 류엔이 꼭 있어야 한다고 느끼는 이시자키와 이부키는 류엔을 구할 방법이 없는지 아야노코지에게 의논한다. 이날 점심시간에 도서실에서 시이나와 대화를 나눴을 때, 류엔의 퇴학을 바라지 않는다는 것을 자각한 아야노코지는 그 두 사람에게 류엔이 가진 프라이빗 포인트를 회수하라고만 말한다.

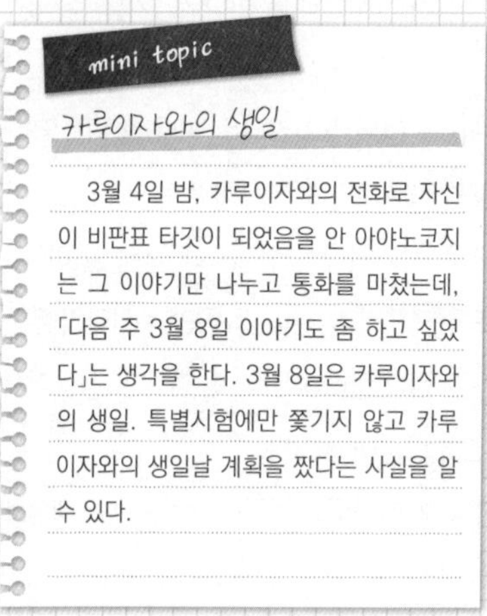

3월 4일 목요일, 아야노코지는 통학로 중간에 있는 휴게소에서 호리키타 마나부를 만나고, 호리키타 스즈네를 이끌기 위한 방법을 모색한다. 밤에는 카루이자와로부터 전화가 걸려와 아야노코지가 비판표 타깃이 되었다는 이야기를 듣고, 그날 아침 교실에 들어갔을 때 느낀 위화감의 정체를 확인했다. 한편 카루이자와가 이 정보를 구할 수 있었던 것은 사카야나기가 아야노코지에게 정보가 들어갈 것을 간파하고 카루이자와를 휘말리게 하라고 야마우치에게 지시했기 때문이다.

쿠시다에게 전화해 주모자가 야마우치임을 알아낸 아야노코지는 호리키타 마나부에게 「야마우치가 주모자라는 것」, 「뒤에서 사카야나기가 조종하고 있다는 것」을 말해준다.

덫에 걸린 야마우치 그리고 B반과 D반의 거래

특별시험 전날인 3월 5일 금요일, 전날 밤 오빠와 문자로 연락한 호리키타 스즈네는 점심시간에 오빠를 만나 「용기를 주세요」라고 솔직하게 말한다.

오빠로부터 해답을 얻은 호리키타는 이날 홈룸이 끝나고 움직이기 시작한다. 반 아이들 앞에 나가 퇴학당해야 할 학생으로 야마우치를 지목. 반을 배신하고 적인 사카야나기와 결탁해 같은 반 아야노코지를 노리려 했다는 사실이 드러났고, 책임 전가를 당한 쿠시다가 우는 척 항변하면서 야마우치의 입장만 점점 불리해졌다. 이 혼란한 상황에서 히라타가 격노하며 난폭한 일면을 드러내고 만다.

A반은 사카야나기, 하시모토, 키토, 카무로가 노래방에서 최종 회의를 했다. 거기서 사카야나기는 A반의 칭찬표는 야마우치가 아니라 아야노코지에게 모이게 할 방침을 전달했다.

그날 밤 이부키가 아야노코지에게 전화해 「류엔의 프라이빗 포인트는 전부 회수했다」라고 말한다. 그때 아야노코지는 자기 방에 이시자키와 이부키를 불러들인다. 두 사람이 류엔 대신 마나베를 퇴학시킬 것을 논의하고 있는데 아야노코지의 초대를 받은 이치노세가 들어오고. D반은 류엔에게 회수한 프라이빗 포인트로 이치노세의 부족한 몫을 채워주고, 이치노세는 B반의 칭찬표를 류엔에게 모아주는 거래가 성사된다. 특별시험 당일, 불안해진 야마우치는 사카야나기로부터 칭찬표를 받기로 약속했음을 자기 입으로 폭로한다. 하지만 사카야나기는 애초부터 그 약속을 지킬 생각이 없었다.

투표 결과, A반은 토츠카, B반은 칸자키, C반은 야마우치, D반은 마나베가 최하위가 된다. B반은 2,000만 프라이빗 포인트를 내고 칸자키를 구제했고, 나머지 세 사람은 퇴학이 확정된다. 한편 A반은 사카야나기, B반은 이치노세, C반은 아야노코지, D반은 카네다가 일등이 되어 프로텍트 포인트를 획득했다.

시험이 끝나고 아야노코지는 사카야나기로부터 이 특별시험은 누군가가 아야노코지를 퇴학시키기 위해 준비한 무대장치라는 이야기를 듣는다.

그때 츠키시로 이사장 대리가 모습을 드러낸다. 사카야나기의 아버지 대신 4월부터 정식으로 부임한 츠키시로는 아야노코지의 아버지와 연결된 인물로 아야노코지를 퇴학시키겠다고 선전포고한다. 츠키시로가 간 후, 아야노코지는 다음 특별시험에서 사카야나기와 대결하기로 결정했다.

해 답

야마우치는 아야노코지에게 비판표가 모이도록 유도했다. 하지만 호리키타의 활약으로 야마우치의 책략은 막히고 아야노코지는 퇴학을 면한다. 또 사카야나기 파의 칭찬표가 들어와 아야노코지는 칭찬표 1위를 차지하고 프로텍트 포인트를 획득한다. 한편 다른 반에서도 퇴학을 둘러싸고 다양한 책략이 꿈틀거렸다.

사카야나기의 노림수

사카야나기는 예전부터 스파이로 삼으려고 접촉해왔던 야마우치에게 반 내부 투표에서 이기는 방법을 은근슬쩍 알려준다. 비판표를 줄 타깃을 한 사람으로 압축해서 퇴학으로 내모는 방법이었다. 단, 타깃에게 비판표가 쏠리게 하려고 움직이면 다른 학생들이 느끼는 인상이 나빠져 야마우치 본인에게 비판표가 모이고 말 위험도 있다. 그래서 사카야나기는 야마우치가 퇴학당하지 않도록, A반 20명 정도의 칭찬표를 야마우치에게 던지겠다고 약속했다. 그리고 타깃으로 아야노코지를 제안. 그러나 이때부터 이미 사카야나기는 야마우치를 배신할 계획이었다.

【 사카야나기가 야마우치를 선택한 이유 】

사카야나기가 야마우치를 스파이로 삼으려고 했던 데에는 이유가 있다. 바로 혼합 합숙 때 자신을 넘어뜨린 보복이었다. 처음부터 사카야나기는 오로지 야마우치를 이용할 작정으로 접근했던 것이다.

아야노코지의 행동

야마우치가 움직이면서, 시험 발표로부터 사흘 뒤 아침에 반에 큰 그룹이 결성되어 아야노코지에게 비판표가 쏠리는 흐름이 생겨났다. 그 정보를 카루이자와로부터 얻은 아야노코지는 야마우치가 주모자라고 특정 짓고 호리키타 마나부에게 연락. 여동생 스즈네에게 야마우치와 사카야나기가 연결되어 있다는 사실을 알려달라고 그에게 부탁한다. 그렇게 하여 스즈네를 움직여 야마우치를 퇴학으로 내몰려고 획책하였다.

호리키타의 용기와 각오

A반 승격을 꿈꾸는 호리키타로서는 반에 대한 공헌도가 낮은 학생을 골라야 할 필요가 있었다. 그렇게 하지 않으면 앞으로 반드시 후회할 것이다. 오빠로부터 정보를 얻고 반 내부 투표에 진지하게 임한 호리키타는 야마우치와 아야노코지를 비교한 결과 아야노코지를 남겨야 한다고 결단을 내렸다. 반 모두의 미움을 살 각오를 하고서 감정적인 게 아니라 이성적으로 야마우치를 퇴학시켜야 한다고 작심 발언을 했다.

한편 호리키타는 반 아이들 앞에서 야마우치의 작전을 막지 않았던 쿠시다를 질책했다. 쿠시다는 지금까지 쌓아온 착한 이미지를 놓지 못해 차마 강하게 반박할 수 없었다. 호리키타도 그걸 알았기에 쿠시다를 몰아세운 것이다.

히라타가 반발한 이유

야마우치라는 특정 개인을 퇴학시키자는 호리키타의 작심 발언에 강하게 반발한 사람은 히라타였다. 아야노코지와 코엔지처럼 『필요 없는 학생을 버리는 것뿐』인 시험이라고 딱 잘라 생각할 수 있는 성격이라면 자신 이외의 누군가가 배척되면 그만이라고 하겠지만, 히라타는 그렇지 않았다. 히라타는 버려야 할 사람을 『누구』로 할지 정할 수 없는 성격이었다. 그런 히라타는 야마우치를 퇴학시켜야 한다는 호리키타의 주장에

격노했다. 「호리키타의 이름을 쓰겠어」라고 말하고 만다.

C반의 결과

시험 당일, 히라타는 비판표에 자신의 이름을 써달라고 말한다. 퇴학당해야 할 학생을 고르지 못한 히라타는 차라리 자신을 고른 것이다. 그러나 미리 반 여학생 몇 명이 히라타에게 비판표를 주지 말아 달라고 감싸는 메시지를 다른 학생들에게 보냈었다.

그 결과 야마우치에게 비판표가 모인다. 사카야나기와의 약속으로 들어왔어야 할 칭찬표도 들어오지 않아서 야마우치가 최하위로 결정. 퇴학이 결정되자 난동을 부리는 야마우치를 코엔지가 집요하게 건드린다. 야마우치는 의자를 집어 들고 코엔지에게 덤비지만, 코엔지는 가볍게 막는다. 코엔지의 집요한 도발은 야마우치의 분노를 자신에게 돌림으로써 다른 학생들을 지키기 위했던 것인지도 모른다.

D반과 B반의 결과

D반의 거의 전원이 류엔을 퇴학시키는 데 찬성하는 가운데 이시자키와 이부키만 달랐다. 류엔 없이 앞으로 있을 특별시험에서 다른 반을 상대하기란 무리라고 생각한 두 사람은 류엔의 퇴학을 막기 위해 아야노코지에게 도움을 청한다. 그리고 아야노코지가 한 가지 방법을 알려준다. 류엔이 퇴학당하면 사장될 대략 500만 프라이빗 포인트를 이부키가 받는 것이다. 그리고 거기서 약 400만 프라이빗 포인트를 이치노세에게 양도하고, 그 대신 B반의 칭찬표 40표를 류엔에게 던지는 방법이었다. 한편 마나베를 퇴학시킨 것은 이부키의 판단이었다.

아야노코지 덕분에 B반은 일부러 칸자키에게 비판표를 모아주고 구제

할 수 있었다.

사카야나기의 허풍

사카야나기가 카츠라기를 타깃으로 삼겠다고 선언했지만 그것은 겉치레에 불과했다. 정작 퇴학당한 사람은 토츠카였다. 사카야나기는 A반에 이익이 되지 않는 토츠카를 애초부터 퇴학으로 내몰 생각이었다. 또 카츠라기의 오른팔이라고 할 수 있는 토츠카를 퇴학시킴으로써 배신자는 용서하지 않는다는 태도를 보여주었다.

반 내부 투표의 진의

사카야나기는 츠키시로 측 인물로부터 아야노코지를 퇴학시키라는 메시지를 받았다. 이 시험은 아야노코지를 퇴학시키기 위해 준비되었던 것이다. 한편 원래 다른 반은 비판표를 던지는 형식이었으나 교직원들의 격한 반발로 지금과 같은 형식이 되었다.

반 내부 투표 결과 발표

1-D (류엔 반)	1-C (호리키타 반)	1-B (이치노세 반)	1-A (사카야나기 반)
칭찬표 1위 카네다 —27표—	칭찬표 1위 아야노코지 —42표— 2위는 히라타 3위는 쿠시다	칭찬표 1위 이치노세 —98표—	칭찬표 1위 사카야나기 —36표—
비판표 1위 마나베	비판표 1위 야마우치 —33표— 2위는 스도 21표 3위는 이케 20표	비판표 1위 칸자키 2,000만 프라이빗 포인트로 구제	비판표 1위 토츠카 —36표—

➡ **퇴학자는 토츠카, 야마우치, 마나베**

특별시험 - 선발 종목 시험 -

3월

11권

반 내부 투표에서 처음으로 퇴학자가 나오자 호리키타 반(C반)은 동요를 감추지 못한다. 일요일이 지나고 그다음 주 월요일이 되자 벌써 1학년 마지막 특별시험 『선발 종목 시험』이 고지되었다. 지난 1년을 마무리하기에 적합한 종합 능력을 묻는 시험으로, 패배하면 각 반의 사령탑이 퇴학 처분을 받는다. C반에서는 프로텍트 포인트가 있는 아야노코지가 사령탑에 입후보하여 시험에 도전했다. 대전 상대가 된 A반의 사령탑은 사카야나기. 아야노코지와 사카야나기의 맞대결이 성사되었다.

요 점

　1학년 마지막 특별시험은 자신들이 생각한 종목 중에 학교에서 고른 7가지 종목을 두고 다른 반과 경합하는 선발 종목 시험. 이 시험에서 마침내 아야노코지와 사카야나기의 대결이 실현된다.

시험 일정

3월　8일　특별시험 발표, 대결 반 결정
3월 14일　각 반의 10종목 최종 접수일
3월 15일　10종목 확정
3월 22일　선발 종목 시험일

특별시험 기본 규칙

규칙 1
각 반은 시험에서 겨룰 10개의 종목을 정하고 규칙을 세운다.

규칙 2
종목에 필요한 인원수는 교체 요원을 제외하고 신청할 10개의 종목 전부 달라야 한다.

규칙 3
선발 종목 시험 당일, 각 반은 10개의 종목에서 5개의 종목을 『진짜 종목』으로 제출.

규칙 4
자신과 상대 반이 고른 진짜 종목에서 무작위로 뽑힌 7개의 종목을 놓고 경합한다.

규칙 5
4승을 거둔 반이 승리한다.
단, 반 포인트의 변동과 관련 있으므로 7가지 종목을 전부 경합한다.

규칙 6
한 종목당 30 반 포인트를, 승리한 반이 패배한 반으로부터 얻는다.

규칙 7
선발 종목 시험에서 승리한 반은 학교로부터 보수로 100 반 포인트를 받는다.

규칙 8 각 종목에 관여하는『사령탑』을 한 명 뽑는다.

규칙 9 사령탑은 종목에 직접 참가할 수 없다.
단, 규칙으로 정한 범위 내에서 사령탑이 종목에 개입 가능하다.

규칙 10 사령탑은 승리했을 경우 개별적으로 프라이빗 포인트를 획득한다.
단, 졌을 경우 퇴학 처분을 받는다.

종목 결정의 규칙

지나치게 비주류인 경기, 규칙이 너무 복잡한 종목은 학교 측의 허가를 받을 수 없다. 또, 일 인당 참가할 수 있는 것은 한 종목이다. 단, 반 인원 모두가 종목에 참가했을 경우에 한해 2개 이상의 종목 참가를 인정받을 수 있다. 또한, 필기 문제가 있는 종목은 학교 측에서 준비한 문제로 경합한다.

중요한 사령탑

종목에 참가할 학생을 선택하고 필요하다면『관여』할 수 있는 사령탑은 우수한 학생이 맡아야 유리하다. 그러나 패배하면 퇴학이 기다리고 있다. 그래서 반 내부 투표에서 프로텍트 포인트를 획득한 학생이 사령탑이 되기로 했다. A반은 사카야나기, B반은 이치노세, D반은 카네다. C반은 호리키타가 반을 잘 유도하여 프로텍트 포인트가 있는 아야노코지가 자연스럽게 사령탑이 되게 했다. 호리키타는 시험에서 이기기 위해 실력자 아야노코지를 사령탑으로 만든 것이다. 사카야나기와 대결할 작정인 아야노코지 역시 튀지 않고 무난하게 사령탑이 될 수 있었다.

각 반의 사령탑이 제비뽑기를 해서, 대전 반 선택지를 얻은 학생이 상대를 지목. 그 결과 A반 대 C반, B반 대 D반으로 결정되었다. 한편 아야노코지는 사카야나기와 대결하기 위해, 미리 이치노세와 이시자키에게 연락해서 A반과의 대결을 양보 받았다.

C반의 종목 결정

종목이 어떤 내용이든 반드시 이길 수 있는 종목과 멤버들이어야 했다. 특히 다섯 종목 중에서 꼭 넣고 싶었던 것은 『1대1 종목』이었다. 개인전이라면 남에게 지지 않는 특기와 재능을 가진 학생이 참가하면 승률이 올라가기 때문이다. C반은 반 아이 모두에게 『자신있는 종목』과 『절대 지지 않는 종목』을 생각해 오라고 했다. 또 A반이 훔쳐 듣지 않도록 중요한 이야기는 반 그룹 채팅방을 이용했다.

종목

C반이 고른 10개의 종목

『영어』, 『농구』, 『궁도』, 『수영』, 『테니스』, 『탁구』, 『타이핑 기능』, 『축구』, 『피아노』, 『가위바위보』

진짜 종목 5개

『궁도』, 『농구』, 『탁구』, 『타이핑 기능』, 『테니스』

A반이 고른 10개의 종목

『체스』, 『플래시 암산』, 『바둑』, 『현대문 테스트』, 『사회 테스트』, 『배구』, 『수학 테스트』, 『영어 테스트』, 『단체 줄넘기』, 『피구』

진짜 종목 5개

『체스』, 『영어 테스트』, 『현대문 테스트』, 『수학 테스트』, 『플래시 암산』

Story

특별시험『선발 종목 시험』

다시 돌아온 류엔의『이기기 위한 악행』

특별시험의 내용이 발표된 날 방과 후, 각 반에서 사령탑이 된 학생은 특별동 다목적실에 모여 대전 반을 정하게 되었다. 아야노코지는 그 전에 B반 이치노세, 류엔 반(D반)의 이시자키에게 연락해 A반과의 대결을 양보해달라고 부탁한다. 이치노세는 반 내부 투표 때 진 빚이 있기 때문에 흔쾌히 받아들였다. 이시자키는 류엔에게 무릎 꿇고 조언을 구해서 그가 하라는 대로 B반과 붙기로 정했기 때문에 그 역시 승낙한다. 이렇게 해서 A반 대 C반, B반 대 D반 구도가 성사되었다.

이 시험에서는 최대 310 반 포인트를 얻을 수 있는데, 학교 측에서 주는 보수는 100뿐. 나머지는 대전 상대로부터 뺏는 방식이기 때문에, 대전 상대와의 차이가 크게 벌어질 가능성이 높았다. 상위 반과의 차이가 더 벌어지길 바라지 않는 D반은 이시자키, 이부키, 시이나가 방과 후에 노래방에서 모여 작전 회의를 했다. 거기에 시이나가 부른 류엔이 뒤늦게 등장한다. 류엔은 몸을 혹사하는 10개의 종목을 토너먼트 방식으로 지정. 그리고『이기기 위한 악행』으로 B반 학생을 따라다니는 등 압박을 주고, 효과가 늦게 나타나는 변비약을 먹이는 뒷공작을 전수한다. 류엔은 이번 특별시험을 통해 자신에게 아야노코지와의 재대결을 원하는 마음이 남아 있는지 확인할 생각이었다.

한편 이날은 카루이자와의 생일. 아야노코지는 카루이자와를 방으로 불러 생일 선물로 하트 모양 목걸이를 건넨다. 카루이자와는 부담스러워하면서도 그 자리에서 목걸이를 착용해 보기도 하고 싫지만은 않은 눈치였다.

> **mini topic**
>
> ### 이치노세의 향수
>
> D반의 괴롭힘에 시바타가 분통을 터트리는 모습을 아야노코지 일행이 목격하자, 이치노세는 그들에게 점심을 사겠다고 한다. 이때 이치노세는 시트러스계 향수를 뿌렸는데, 아야노코지는 변화를 눈치챈다. 화이트데이의 이른 아침에 만났을 때는 향수를 뿌리지 않았다는 것을 알았지만, 그것을 직접 지적하지는 않았다.

특별시험 발표로부터 일주일이 지난 후 각 반이 선정한 10개의 종목이 발표되었다. 이날 아침, 아야노코지는 호리키타 마나부와 우연히 마주치는데, 그가 여동생의 잠재 능력을 높이 평가하고 있다는 것을 알게 된다. 그래서 아야노코지는 「녀석을 바꿔 볼 생각」이라고 호리키타 마나부에게 선언한다.

A반이 고른 10가지 종목은 사령탑의 관여가 최소한으로 제한되어 있었지만, 유일하게 체스만은 거의 사령탑들의 대결도 가능했다. 이 종목에서 붙고 싶다는 사카야나기의 의사를 파악한 아야노코지는 호리키타에게 체스를 가르쳐줘서, 중반부터 사카야나기의 일대일 대결로 전환하는 것을 상정하였다.

츠키시로 이사장 대행의 대결 부정 개입

야마우치가 퇴학당한 이후로 히라타는 선발 종목 시험의 회의에도 참여하지 않고 반과 얽히려 하지 않으려고 했다. 그래서 선발 종목 시험에서는 호리키타가 통솔을 맡아 C반을 이끌었다. 자포자기한 상태가 된 히라타를 반 아이들은 건드리지 않으려고 하지만, 유일하게 왕 메이유만이 포기하지 않고 계속해서 그를 설득했다. 짜증이 난 히라타가 왕을 밀쳐냈을 때, 코엔지가 그의 손목을 누르고 그녀를 안아 드는 일도 있었다. 실의에 빠진 히라타 앞에서 아야노코지는 과거 이야기를 묻는다. 어릴 적 친구 스기무라가 중학교 때 학교폭력을 당하고 투신자살을 시도했지만, 그럼에도 학교폭력이 근절되지 않자 절망한 히라타는 갈등이 일어나면 쌍방에 폭력을 가해 제재하는 공포 정치를 펼쳤다. 그 결과 모든 반이 해체, 재편되면서 졸업할 때까지 엄한 감시가 이어졌다고 한다. 아야노코지는 심한 말로 히라타를 질책했고, 나약한 말을 다 쏟아낸 히라타는 그제야 앞으로 나아갈 수 있게 되었다. 다음 날, 특별시험 당일에 히라타는 왕에게 지금까지 했던 모진 행동들을 사과했고 반 아이들에게도 사과한다.

그 후 아야노코지가 다목적실로 향하니 사카야나기와 이치노세가 벌써 와서 기다리고 있었다. 그리고 D반의 사령탑은 원래 예정으로는 카네다였으나 그 대리로 류엔이 등장. 이치노세가 적잖이 동요한다. 프로텍트 포인트가 없는 류엔은 지면 퇴학이 기다리고 있기에, 뒷공작이 들켜 퇴학당할 위험을 알면서도 변비약 작전을 실행에 옮겼다. 그 결과, B반의 주력 멤버들이 복통으로 시험을 제대로 치를 수 없게 되었다. 유도 종목에서 야마다와 붙을 선수를 고르지 못하고 시간이 지나가 버리자 시험 감독

마시마는 B반의 부전패라는 판정을 내렸고, 이렇게 해서 B반과 D반의 대결은 5승 2패로 D반이 승리를 거두었다.

A반과 C반의 대전에서는 유키무라가 미리 카츠라기와 접촉해 포섭하려고 했다. 그러나 카츠라기는 자신을 따르지 않으면 또 다른 A반 학생을 아무나 골라 퇴학시키겠다고 사카야나기에게 협박당해서 그럴 수 없었다. 결국 3승 3패가 되어 최종 종목인 체스로 결판을 내기로 했고, 격투 끝에 사카야나기가 승리를 거둔다. 그렇게 해서 A반의 승리가 확정되지만, 시험 종료 후 츠키시로 이사장 대행이 나타나 아야노코지에게서 프로텍트 포인트를 박탈하려고 두 사람의 대결에 부정 개입 했다고 밝힌다.

츠키시로가 가고 난 후, 사카야나기와 아야노코지는 도서실에 있는 체스판으로 마지막 상황을 재현해 다시 대결한다. 그리고 패배한 사카야나기는 아야노코지가 의심할 여지 없는 천재라는 평가를 내린다. 애초에 사카야나기는 화이트 룸에서 대전 상대를 압도하는 아야노코지를 본 뒤부터 체스에 입문했다고 한다. 돌아가는 길에 사카야나기는 「피부로 느껴지는 온기도 절대 나쁜 게 아니다」라는 메시지를 보낸다.

March

해 답

　　B반과 D반의 대결은 D반의 승리로 돌아갔다. 그 승리의 이면에는 류엔의 활약이 있었다. 그리고 A반 대 C반은 사카야나기가 이끄는 A반이 승리를 거뒀는데…….

사령탑의 역할

　　사령탑은 다목적실에서 컴퓨터를 이용해 종목마다 어떤 학생을 출전시킬지 실시간으로 지목한다. 종목에 필요한 인원수가 많을수록 시간을 더 많이 준다. 대체로 한 사람당 약 30초. 시간 내에 다 고르지 못했을 경우 부족한 학생 수만큼 무작위로 선택된다. 반대로 학생을 많이 지목했을 경우에는 무작위로 선별된다. 한편 종목에 『관여』할 때도 컴퓨터로 지시를 내린다.

A반 대 C반의 결과

종목 1 / C반 승리

『농구』

필요 인원수 5명, 제한 시간: 20분(10분씩 2세트)

규　칙 · 일반적인 농구 규칙에 준한다

사령탑 · 임의의 타이밍에 멤버를 한 사람만 바꿔도 좋다

종목 2 / C반 승리

『타이핑 기능』

필요 인원수 1명, 제한 시간: 30분

규　칙 · 타이핑 기능 『단어』, 『단문』, 『장문』 세 과목에서
　　　　속도와 정확성을 겨룬다

사령탑 · 시험 중 알아차린 오타를 한 군데에 한해 알려줄 수 있다

종목 3 / A반 승리

『영어 테스트』

필요 인원수 8명, 시간: 50분

규　칙 · 1학년 학습 범위 내의 문제집을 풀어 총점을 겨룬다

사령탑 · 임의의 타이밍에 멤버를 한 사람만 바꿔도 좋다

종목 4 / A반 승리

『수학 테스트』

필요 인원수 7명, 시간: 50분

규　칙 · 1학년 학습 범위 내의 문제집을 풀어 총점으로 겨룬다

사령탑 · 한 문제에 한해 대신 답할 수 있다

종목 5 / A반 승리

『플래시 암산』

필요 인원수 2명, 시간: 30분

규　칙 · 주산식 암산을 이용해 정확성과 속도를 겨루어

　　　　1위를 차지한 학생의 반이 승리한다

사령탑 · 임의의 한 문제에 한해 답을 바꿀 수 있다

종목 6 / C반 승리

『궁도』

종목 7 / A반 승리

『체스』

필요 인원수 1명, 제한 시간: 1시간(시간 다 쓰면 패배)

규　칙 · 일반적인 체스 규칙에 준한다.

　　　　단, 41수 이후로도 제한 시간은 늘어나지 않는다

사령탑 · 임의의 타이밍부터 제한 시간을 써서

　　　　최대 30분 동안 지시를 내릴 수 있다

A반 대 C반

A반의 종목 중 체스는 다른 종목에 비해 사령탑이 관여할 여지가 아

주 컸다. 그래서 사카야나기가 체스에서 대결할 생각이라고 추측한 아야노코지. 그러나 관여하기도 전에 압도당하는 전개가 펼쳐진다면 사카야나기와의 대결에서 패배가 확정된다. 아야노코지는 체스가 선택됐을 때를 예상하여 호리키타가 체스 종목에 참가하도록 하고 그녀에게 체스를 가르쳐준다. 호리키타로 정한 것은 자신의 실력을 이미 알고 있기 때문에 관계를 처음부터 구축할 필요가 없었던 까닭이 컸다. 시험 마지막 대결로 체스 종목이 선택되면서 아야노코지와 사카야나기의 대결이 성사된다. 그러나 츠키시로의 개입으로 아야노코지는 지고 시험도 C반의 패배로 끝났다. 사령탑의 관여는 컴퓨터에 입력한 지시가 선수에게 전달되는 방식이다. 츠키시로는 아야노코지가 입력한 지시와 다른 지시가 선수에게 전달되도록 농간을 부렸던 것이다.

B반 대 D반

이시자키는 특별시험에서 이기기 위해 류엔에게 조언을 구했다. 류엔은 종목을 유도와 가라테 등 몸을 쓰는 종목으로 좁히고 토너먼트 방식으로 정해, D반에서 싸움 좀 하는 학생들을 보내 승리를 따올 작정이었다. 또 류엔이 카네다를 대신해 사령탑을 맡았다. 상대 반에 변비약을 먹인 것이 발각되었을 때와 졌을 때의 리스크를 류엔 혼자 감당하기 위해서였다. 결과적으로 D반은 승리했다. 호리키타가 이끄는 C반이 져서 반 포인트를 잃고, 류엔의 D반은 승리해 반 포인트를 얻음으로써 류엔 쪽이 다시 C반으로 승격했다.

한편 이치노세는 류엔이 저지른 변비약 먹이기 등의 악행을 학교 측에 고발하지 않았다. 이번 시험 결과를 앞으로의 교훈으로 삼기로 한 것이다.

결과와 보수

A반 대 C반(4승 3패)

♛ A(사카야나기)반

    종목 결과로 +30 반 포인트
    승리 보수로 +100 반 포인트

  C(호리키타)반

    종목 결과로 -30 반 포인트

B반 대 D반(5승 2패)

  B(이치노세)반

    종목 결과로 -90 반 포인트

♛ D(류엔)반

    종목 결과로 +90 반 포인트
    승리 보수로 +100 반 포인트

반 포인트의 추이

1-A (사카야나기 반)	1-B (이치노세 반)	1-D (류엔 반)	1-C (호리키타 반)
1001 포인트	640 포인트	318 포인트	377 포인트
↓ +130 포인트	↓ -90 포인트	↓ +190 포인트	↓ -30 포인트
1131 포인트	550 포인트	508 포인트	347 포인트

고도 육성 고등학교의 봄방학

졸업식 뒤에서의 밀담과 류엔의 리벤지 멘탈리티

호리키타 반(C반)은 선발 종목 시험에서 졌지만, 3승 4패라는 전적이었기에 피해를 최소한으로 그칠 수 있었다. 2학년으로 올라가 새로운 학기가 시작되면 다시 D반 강등이 확정되긴 했어도 지난 1년간의 성장이 보였기에 반 학생들은 그다지 비관적이지 않았다.

특별시험이 끝난 날 밤, 아야노코지는 부정 의혹으로 근신 중인 사카야나기 이사장에게 전화를 건다. 츠키시로 이사장 대행이 특별시험에 개입해 방해 공작을 펼쳤던 경위를 말하고, 불의의 사태가 또 일어났을 때 뒷배가 되어 줄 존재가 필요하다고 했다. 그 말을 들은 사카야나기 이사장은 차바시라 그리고 A반 담임 마시마라면 믿을 수 있다고 추천한 다음, 졸업식이 끝난 후 있을 사은회에서 츠키시로가 이사장 노릇을 하고 있는 동안에, 감시 카메라가 없는 응접실에서 의논할 수 있도록 자리를 마련해 주었다.

졸업식 때는 A반으로 졸업한 호리키타 마나부가 학생회장으로서 답사를 하고, 체육관에서 그대로 사은회가 열렸다. 그때 아야노코지가 응접실로 향하니 이미 차바시라가 와서 기다리고 있었고, 마시마와 사카야나기 아리스도 들어왔다. 상황을 파악한 마시마와 차바시라는 사태 수습을 위해 츠키시로 이사장 대행의 방해 공작을 철저히 감시하겠다고 약속. 사카야나기도 츠키시로 문제를 처리하기 전까지는 아야노코지를 돕겠다고 말했다.

사은회가 끝난 후, 호리키타 마나부와 나구모는 악수한 뒤 헤어진다. 나구모는 호리키타 마나부에게 도전한 것을 후회하지 않으며, 아야노코지와 호리키타에게 「앞으로는 더욱 개인의 실력이 좌우하는 구조로 바뀔 것이다」라고 선언한다. 한편, 히라타와 함께 기숙사로 돌아가는 길에 그가 왕 메이유의 고백에 어떻게 대답해야 좋을지 고민 상담을 해오고, 또 앞으로는 편하게 성 말고 이름으로 불러달라고 청한다.

봄방학에 아야노코지는 시이나와 카페에서 만난다. 시이나는 얼마 없는 정보를 통해 퍼즐 조각을 맞추듯 추리해서 류엔을 바꾼 사람이 아야노코지라는 결론에 다다른다. 그녀는 류엔의 악행을 막지 못한 것을 후회했고, 아야노코지는 그녀에게 「나라면 더 좋은 방식으로 안전하게 5승 이상 했을 것」이라는 말을 전해달라고 한다.

> *mini topic*
>
> ## 아야노코지와 이치노세의 약속
>
> 호리키타가 이치노세와의 협력 관계를 끊은 날, 생각을 정리하고 싶은 이치노세는 비를 맞고 있었다. 아야노코지는 그런 그녀 옆에 있어 주고 반강제적으로 방에 데리고 왔는데, 그때 「내년 오늘, 이렇게 또 만나지 않을래?」라고 제안한다. 아야노코지는 다정하게 말을 건네는 한편으로, 그녀가 몰락할 것 같다면 『뒤에서 목을 베어주는 역할』을 할 것이라고 냉정하게 분석했다.

3월 30일, 아야노코지는 이시자키로부터 반 이동을 권유받지만 거절한다. 또 이치노세에게서 호리키타까지 포함해서 대화를 나누고 싶다는 요청을 받고, 호리키타의 제안으로 이치노세 반과의 협력 관계를 끝낸다. 그 후, 아야노코지가 사정이 바뀌어서 A반을 목표로 하겠다고 말하자, 호리키타는 진짜 실력을 확인하기 위해 대결을 제안. 4월 이후의 필기시험에서 한 과목을 정해 점수 대결을 하게 되었다. 나중에 아야노코지는 자신이 이기면 호리키타가 학생회에 들어가는 조건을 건다. 호리키타와 헤어진 후 아야노코지는 류엔을 마주친다. 류엔은 아야노코지와 다시 붙고 싶어 피가 끓지만 일단은 워밍업으로 사카야나기와 이치노세를 밟겠다고 한다. 그러자 아야노코지는 가능성이 있으니 잘 성장하라고 조언했다.

호리키타의 정신적 성장과 카루이자와에게 한 고백

아야노코지는 호리키타 마나부가 학교를 떠나는 날짜를 호리키타에게 말해주었지만, 시간이 다 됐어도 그녀는 나타나지 않았다. 여동생을 기다리면서 호리키타 마나부는 아야노코지에게, 자신의 존재를 누군가에게 각인시켜 기억에 남는 학생이 되라는 말을 남긴다. 그리고 떠나려는 순간, 긴 머리를 싹둑 자르고 짧은 단발머리가 된 호리키타가 겨우 모습을 드러낸다. 졸업식 날에는 오빠의 모습을 눈에 담기만 할 뿐 차마 말을 걸지 못했지만, 오빠만 좇는 것을 그만두고 앞으로는 자신의 길을 개척해 나가겠다는 결의를 또박또박 말할 수 있었다. 동생의 성장을 확신한 호리키타 마나부는 「남에게 강해져라. 그리고 친절해라」라고 동생에게 말한다. 호리키타 마나부가 가고

난 뒤 호리키타는 어린아이처럼 엉엉 운다.

호리키타가 울음을 그쳤을 때 호리키타는 다시금 쿠시다와 맺은 계약에 관해, 또 그녀를 어떻게 할지 등에 관해 이야기한다. 그리고 리더로 성장한 호리키타에게 쿠시다의 처우를 맡기기로 한다.

봄방학이 다 끝나갈 무렵, 케야키 몰에 간 아야노코지는 같은 반 마츠시타가 미행하고 있다는 것을 알아차린다. 마츠시타는 선발 종목 시험 때 플래시 암산 종목에서 아야노코지가 최종 문제를 맞혔음을 알고 있었고, 아야노코지가 가진 미지의 실력에 흥미를 느낀 듯했다. 그 도중, 아야노코지는 츠키시로 이사장 대행을 맞닥뜨린다. 그는 신입생 중 화이트 룸생이 한 명 섞여 있는데, 4월 중으로 누군지 알아낸다면 자신은 이만 물러나 주겠다며 게임을 제안한다.

츠키시로와의 대화를 마츠시타는 듣지 못했지만, 해명해야 한다고 판단한 아야노코지는 그녀를 만나 허풍 떨면서 앞으로는 대충 하지 않고 실력을 발휘할 생각이라고 말한다.

봄방학도 이틀밖에 남지 않은 날, 아야노코지는 카루이자와를 방에 부른다. 지금까지 신뢰 관계를 쌓고 이번 봄방학 때는 시이나와의 사이를 일부러 보여줘 질투심을 유발한 아야노코지는 여기서 카루이자와에게 고백. 자신의 감정을 자각하고 있던 카루이자와는 수줍어하면서도 고백을 받아들이고 두 사람은 연인 사이가 된다. 이 연애는 카루이자와의 성장에 필요했고, 또 아야노코지는 그녀를 통해 화이트 룸에서 배우지 못했던 것들, 즉 연애를 학습할 계획이었다.

여기에 주목! **Check Point**

학생들 뒤에서 움직이기 시작한 운명

이치노세에 관한 나쁜 소문이 진짜인 듯 들려오던 시기, 새벽 1시가 지났을 무렵 아야노코지는 모르는 번호로 걸려 온 전화를 받는다. 상대는 앳된 목소리로 아야노코지의 이름을 거리낌 없이 부른다. 학교에서 지급한 스마트폰은 외부와 연락할 수 없게 되어 있어서, 지정된 번호 이외에는 걸 수도 받을 수도 없게 미리 설정되어 있다. 또 이 설정을 변경하기란 불가능하다. 요컨대 아야노코지가 번호를 등록하지 않은, 부지 내에서 생활하는 누군가가 건 전화라고 할 수 있다. 그러나 교우관계가 넓은 카루이자와에게 물어봐도 모르는 번호라고 해서, 아야노코지는 자신이 모르는 곳에서 누군가가 의도를 가지고 움직이고 있음을 알아차린다.

반 내부 투표 때는 반에서 퇴학자가 나오지 않도록 고군분투하던 이치노세가 지금껏 모은 프라이빗 포인트를 쓰면서까지 퇴학자를 만들지 않겠다고 반 아이들에게 설명하면서 예전에 칸자키로부터 「힘이 있으면서 쓰지 않는 것은 바보나 하는 짓이다」라는 말을 들었다고 밝힌다. 이 말은 아야노코지가 옛날에 받은 가르침과 같았다. 아야노코지와 칸자키는 스도의 폭력 사건 때 목격자를 찾던 무렵부터 교류하고 있었는데, 두 사람의 과거에 어떤 공통점이 있는지도 궁금해지는 부분이다.

 # Check Point

반의 문제아 코엔지에 대한 아야노코지의 대응

지금까지 치른 시험에서 반에 협력하기를 거부한 코엔지. 아야노코지는 혼합 합숙에서 협력해달라고 요청했을 때도 거절당한 만큼, 자신의 이념대로 행동하는 코엔지는 움직일 수 없겠다고 판단했다.

아야노코지의
인심장악술

카루이자와의 마음을 장악

아야노코지에게도 미지의 관계

차바시라의 협박 때문에 A반을 목표로 삼게 된 아야노코지. 선상 시험 때 장기 말로 카루이자와를 낙점하고, 손아귀에 넣기 위해 카루이자와와 마나베 무리의 갈등을 이용. 카루이자와와 마나베 무리를 폐쇄된 공간으로 부르고 마나베 무리의 잔학성을 환기시켜 카루이자와의 마음을 궁지로 내몰게 했다. 그 후 카루이자와를 구해줌으로써 자신에게 기생하게 만들어 협력자로 삼는다. 겨울방학 전에는 류엔으로부터 구해줘 카루이자와의 마음을 완전히 장악하고, 봄방학 때는 연인 사이로 발전한다. 이는 아야노코지가 연애를 학습하기 위해서였다. 또 2학년 생활을 내다봤을 때, 계속 기생해서 살아가는 카루이자와의 모습이어서는 안 된다고 판단했기 때문이다. 성장하고 연애를 다 배우고 나면 두 사람의 관계가 어떻게 될지는 아야노코지도 알 수 없었다.

2학년 편으로 이어지는 요소

화이트 룸

아야노코지의 과거를 알려면 빼놓을 수 없는 화이트 룸. 약 20년 전에 만들어진 교육기관으로, 1년마다 다른 지도자 밑에서 새로운 그룹이 만들어진다. 아야노코지는 특히 가혹했던 마의 4기생 중 유일하게 살아남아 「최고 걸작」이라고 평가받으며, 아야노코지의 아버지는 그를 지도자로 만들기 위해서 화이트 룸으로 다시 데려가려고 한다. 츠키시로는 아야노코지를 퇴학시키려고 다음 해 신입생에 화이트 룸생 한 명을 섞었다고 한다.

프로텍트 포인트

반 내부 투표 때 등장한 새로운 제도. 칭찬표 1위에게 주는 특별 보수. 만에 하나 퇴학 조치를 받는다고 해도 무효로 만들 수 있는 권리로, 실질적으로는 2,000만 프라이빗 포인트에 필적하는 가치가 있다고 할 수 있다. 단, 남에게 양도할 수 없다. 츠키시로는 아야노코지가 가진 프로텍트 포인트를 빼앗기 위해 선발 종목 특별시험에 개입했다. 3학기 종료 시점에서의 보유자는 사카야나기 아리스와 카네다 사토루. 앞으로 프로텍트 포인트를 어떻게 활용할지 귀추가 주목된다.

호리키타가 주최하는 특별 스터디

이 책에서 문제를 출제했습니다! 총 10문제. 한 문제당 10점 배점이며, 40점 미만은 낙제점입니다. 정답은 다음 페이지에 실려 있으니 몇 문제를 맞혔는지 채점해 보세요.

문제 1 아야노코지의 학생 소개 문구에서 "마지막에 내가 『●●』하기만 하면 돼."의 『●●』에 무슨 말이 들어갈지 답하시오.
[배점 10점]

문제 2 중간고사 때 스도가 낙제점을 받고 말았다. 그 영어 시험 점수가 몇 점이었는지 답하시오.
[배점 10점]

문제 3 서바이벌 시험의 무대가 되었던 무인도. 그 면적은 약 몇 km^2이었는가?
[배점 10점]

문제 4 서바이벌 시험 결과에서 최종 포인트가 많은 순서대로 A~D반을 나열하시오.
[배점 10점]

문제 5 선상 시험에서 축(소) 그룹의 우대자가 누구였는지 답하시오.
[배점 10점]

문제 6 체육대회에서 1학년 최우수 선수는 누구였는가?
[배점 10점]

문제 1	문제 2	문제 3	문제 4	문제 5
14P	115P	151P	137P	149P

문제 6	문제 7	문제 8	문제 9	문제 10
166P	170P	191P	229P	227P

힌트

문제 7 페이퍼 셔플 특별시험에서 쿠시다와 짝이 된 학생은 누구였는가?
[배점 10점]

문제 8 아야노코지가 겨울방학 때 했던 더블데이트 후 카루이자와와 같이 만난 인물이 누구인지 답하시오.
[배점 10점]

문제 9 11권에서 이치노세가 향수를 뿌렸다. 그 향수가 어떤 향이었는지 답하시오.
[배점 10점]

문제 10 A(사카야나기)반과 C(호리키타)반이 대결했던 선발 종목 시험. 각 반이 진짜 문제로 제출한 총 10개의 종목을 전부 답하시오.
[배점 10점]

정답

문제 1	문제 2	문제 3	문제 4	문제 5
승리	39점	0.5km²	D, B, A, C	코바시 유메

문제 6	문제 7	문제 8	문제 9	
시바타 소우	이케 칸지	키리야마 이쿠토	시트러스계	

문제 10
체스, 영어 테스트, 현대문 테스트, 수학 테스트, 플래시 암산, 궁도, 농구, 탁구, 타이핑 기능, 테니스

40점 미만은 낙제점

만약 낙제점을 받았다면 다시 한번 책을 읽읍시다!

츠키시로와의 대결에서 지면 즉시 퇴학——

아야노코지를 노리는 화이트 룸의 자객은 과연 누구인가 ?!

Next chapter
2nd year

아야노코지의 실력을 시험하기 위하여……
호리키타는 맞대결을 신청한다 !

○처음 하는 전화

봄방학도 드디어 하루만 남겨두고 있었다.

그런 마지막 날도 어느새 해가 저물고, 잘 준비에 들어갈 뿐.

반 아이들은 지금 어떤 심정으로 이 마지막 밤을 보내고 있을까.

주말을 보내고 월요일을 맞이할 때처럼 우울한 기분일까, 아니면 새로운 학년을 맞이하는 희망으로 가득 차 있을까.

그러는 나로 말할 것 같으면…… 기본적으로는 내일의 등교를 기대하고 있다.

물론 성가신 일이 잔뜩 따라온다.

호리키타와의 대결은 말할 것도 없고, 츠키시로의 수작으로 신입생에 섞여 있을 가능성이 높은 화이트 룸생의 존재 등 눈엣가시가 한두 가지가 아니다.

그러나 나는 이 학교에서 학생다운 생활을 하기 위해 하루하루 살고 있다.

휴일을 여유롭게 만끽하는 것도 나쁘지 않지만, 학생으로서 당연히 공부하고 당연히 운동하고, 그런 일상이 가장 잘 충실감을 맛볼 수 있다.

그리고 무엇보다도——

1년 전과 크게 달라진 점이 하나 있다.
밤 10시가 되자마자 스마트폰이 울렸다.
상대의 이름은 굳이 확인할 것까지도 없겠지.

카루이자와 케이.

같은 반이자 지금은 친구의 틀에서 벗어난 존재.

흔히 말하는 『여자친구』의 카테고리에 들어가는 인물로부터의 연락.

연인 사이가 되었어도 사실은 그날 이후 케이와 만나지도 연락하지도 않았다.
아마 케이가 아직 우리의 관계를 정리하지 못했기 때문이리라.
내가 먼저 무리해서 연락하지 않고 봄방학이 끝날 때까지 기다리고 있었는데, 마지막 날인 오늘 낮에, 밤 10시쯤 통화하고 싶다는 채팅 메시지를 받았다.
그리고 지금이 된 것이다.
"……얏호."
전화를 받으니 잠깐의 침묵 후, 어딘지 어색한 느낌으로 운을 뗐다.
"응."

"으앗, 뭔가 무뚝뚝한 대답."

"그래? 아, 그랬는지도 모르겠다."

남자친구다운 대답이었냐고 묻는다면 그건 확실히 아니겠지.

"네 전화를 기다렸어."

이런 느낌이 남자친구다운 대답일까.

그렇게 생각하고 말해 보았다.

"으에에에엣?!"

전화 너머에서 케이가 크게 소리치더니 뭔가가 넘어지는 소리가 들렸다.

"왜 그래. 괜찮아?"

"괘, 괜찮아. 치, 침대에서 굴러떨어졌을 뿐이야. 아야얏……."

그게 괜찮은 건가.

겨우 몸을 추슬렀는지 숨을 토하면서 마음을 가라앉히는 케이.

"기다렸다고? 내 전화를?"

"사귀는 사이라면 상대방의 전화를 기다리는 거야 보통 아닌가?"

"그건, 음, 그렇지만…… 저기, 왠지 키요타카답지 않달까."

"피차 마찬가지 같은데."

나는 나, 케이는 케이대로 지금 처음 보는 자신을 마주하고 있다.

그 시기에는 때론 자신도 예상하지 못한 행동을 하거나 말을 하기도 한다.

그걸 컨트롤하기란 아주 어려운 일이다.

그래도 굳이 깊이 생각하지는 않는다.

지금 자신이 자연스럽게 무슨 말을 하는지, 하고 있는지.

그것마저 즐기듯 연애라는 세계에 몸을 맡긴다.

"으, 응. 그럴지도 몰라. 나, 왠지 아직 비현실적으로 느껴진달까…… 우리 정말 사귀는 거 맞지?"

"당연하잖아."

"……그래, 그렇지. 알고 있는데도…… 고백받고 나서, 만약에 다시 확인했는데 고백을 없던 일로 해버리는 게 아닐까 싶어서. 그래서, 키요타카한테 전화하는 게 늦어졌어."

그것이 그동안 전화하지 않은 이유라는 모양이다.

"아니, 그런데 키요타카가 먼저 전화해줬어도 되지 않아?"

"그냥 케이의 연락을 기다리고 싶었어."

비겁한 대답을 하자 그게 케이에게도 전해졌는지 살짝 불만을 드러냈다.

그래도 곧 이 화제에서 벗어나 아무렇지 않게 일상 이야기로 넘어갔다.

"아, 친구랑 밥 먹으러 갔었는데 말이지――."

시시한 잡담이지만 나와 케이에게는 아주 새롭고 신선한

일이었다.

지금까지의 관계는 친구도 연인도 아니고, 쓰는 자와 쓰이는 자에 불과했다.

둘 다 스마트폰에 이름과 번호를 등록하지도 않았고, 기본적으로 연락은 내가 일방적으로 했다.

이는 그릇된 관계라고 사람들은 말하겠지.

그래도 그것이 나와 케이 사이에 있어 유일하게 확실한 것이었다.

그러나 지금은 자취를 감추고 다른 세계가 펼쳐졌다.

"내 얘기 듣고 있어?"

건성으로 맞장구치고 있다는 것을 눈치챈 케이가 확인하듯 물었다.

듣고 있어, 듣고 있어 하고 대답하자 만족하고는 다시 이야기를 이어나갔다.

알맹이가 있는 얘기는 아니었다.

나와 관련 있는 이야기도 아니었다.

그런데도 이상하게 조금 재미있기까지 했다.

"뭐랄까, 키요타카도, 그러니까 뭔가 얘기 좀 해 봐."

케이만 계속 얘기한 게 불만이었는지 그렇게 요구했다.

하지만 그런 데에는 익숙하지 않다고 할까, 서툴다는 것을 스스로 자각하고 있다.

아니, 그러니까 더욱 지금은 새롭게 도전해야 할지도 모르지.

"음……."

그 후로 얼마나 이야기했을까.

스스로 생각해도 의외로 할 말이 많았다고 할까, 지금까지 있었던 시시콜콜한 이야기를 늘어놓았다.

다른 사람이 들으면 절대 재미없다고 할 이야기였다.

그걸 케이는 끝까지 즐겁게 들어주었다.

때로는 웃고 때로는 딴지를 걸고.

그리고 거기서 생각지 못한 방향으로 이야기도 흘러간다.

살짝 졸려서 시간을 확인하자 11시가 다 되어가고 있었다.

약 1시간이나 통화한 셈이 된다.

지금까지 한 통화 중에 틀림없이 가장 길었다는 것은 굳이 말할 필요도 없다.

"이제 그만 끊을까, 전화."

내일을 생각하면 일찍 마무리하는 편이 좋다.

"그래."

케이도 그건 알고 있었는지 별로 저항하지 않고 받아들였다.

"그럼 내일 봐. 잘 자, 키요타카."

"잘 자, 케이."

서로 이름을 부르고 끝맺으려고 했다.

"그럼——."

그리고 마지막으로 그렇게 말한 케이였는데, 왜 그러는지 전화를 끊으려고 하지 않았다.

"왜?"

"그게, 나 먼저 끊기가 좀 그래서……."

왜 그러는지 그렇게 말했다.

"……그러니까 키요타카가 먼저 끊지 않을래?"

"알았어."

저쪽에서 끊기 힘들다면 내가 먼저 끊는 게 나을까.

망설임 없이 통화 종료 버튼을 엄지로 눌렀다.

"자, 그럼 준비하고 자볼까."

그렇게 생각했는데…….

몇 초 전에 통화를 끝낸 케이가 다시 전화를 걸어왔다.

뭐 잊은 말이라도 있나?

"왜 전——."

"어떻게 그렇게 바로 끊을 수가 있어!"

귀를 찢는 비명 같은 목소리.

나도 모르게 스마트폰에서 귀를 뗐는데, 그럼에도 케이의 목소리가 크게 들렸다.

"좀 더 응? 망설일 수는 없어?!"

"……아니. 그냥 똑같이 끊었을 뿐이잖아."

내일에 대비해 이만 통화를 마치는 흐름으로 서로 의견이 일치했을 터다.

그런데도 불구하고 케이는 전화를 끊은 게 마음이 들지

않았다고 한다.

"하, 하지만 우리 신나게 얘기 나눴잖아!"

"그랬지. 나도 이렇게 즐겁게 대화한 건 처음이야."

"그럼 말이야, 뭐랄까, 좀 아쉬움 같은 게 남지 않아?"

시간이 허락한다면 좀 더 얘기했는가, 라는 의미라면 예스다.

"없진 않지."

"아니, 난 못 느꼈어!"

받아들여지지 않는지 케이가 물고 늘어지듯 말을 이었다.

얼마간은 스마트폰을 귀에 대지 않고 있는 게 낫겠군.

그 예상이 맞아떨어졌는지, 조금 전까지 좋았던 분위기는 온데간데없고 이게 마음에 들지 않는다 저게 마음에 들지 않는다 하며, 아까 신나게 나눴던 이야기까지 트집을 잡기 시작했다.

이것이 바로 여자의 마음인가.

그렇다면 그 해석에는 시간이 조금 필요할지도 모르겠다.

"후우, 후우. ……아아, 좀 시원해졌다."

발산함으로써 감정 컨트롤이 잘 된 듯했다.

"그래서…… 어떻게 할까?"

"뭐가?"

"이제 11시 15분인데."

"아…….."

전화를 한 번 끊은 뒤로도 시간은 멈추지 않고 계속 흘러갔다.

"역시 케이가 먼저 끊을래?"

"그, 건……."

내가 먼저 끊는 타이밍이 불안하다면 하는 생각에 한 말인데, 왜 그런지 케이는 그것을 거부했다.

"네가 끊어. 이번엔 잘."

"……잘?"

생각지도 못한 부분에서 불길한 예감이 드는 과제를 받고 말았다.

"그래. 내 기분을 거스르지 않는 방법으로 끊으라고. 귀여운 여자친구가 하는 부탁이거든?"

이제는 자신이 우위에 있다는 듯 짓궂게 말했다.

"귀여운 여자친구의, 부탁……."

"뭐야. 무슨 불만 있어?"

"아니, 없어."

나는 몸을 일으켜 컴퓨터 앞으로 갔다.

인터넷에 검색하면 뭔가 힌트를 찾을 수 있을지도 모른다.

"말해 두는데 검색 같은 건 안 하는 게 좋을 거야? 나 귀쫑긋 세우고 있으니까 검색하면 다 알아."

마치 내 행동을 읽기라도 한 듯 케이가 앞질러 갔다.

괜히 기대를 건 여자가 아니네, 하고 감탄했다.

그럼 이쪽도 진지하게 실력으로 뚫고 나갈 수밖에 없지.

연인관계를 바랐던 나에게 온 일종의 시련.

"――그렇군."

한 템포 쉰 후, 왜 전화를 끊어야 하는지 설명했다. 케이를 화나게 하지 않는 이론으로.

"아까는 물론 망설임 없이 전화를 끊었지. 하지만 그건 절대 케이를 가볍게 생각해서가 아니야."

통화를 마칠 때 어떤 말을 해주는 것이 맞을까.

나는 떠오른 말을 내뱉어 보았다.

"오늘 전화를 끊어야 하는 건 당연히 아쉬워. 다만 내일이 되면 얼굴을 볼 수 있어. 분명 너도 같은 마음이잖아?"

"……응. 나도 키요타카 보고 싶어……."

고백하고 어느 정도 시간이 지났다.

당연히 보고 싶은 욕구는 시간이 지나면서 점점 더 커졌겠지.

"그러려면 시간이 빨리 지나가야 해. 난 그렇게 생각했어. 느긋하게 통화하면서 밤을 새워도 좋지만, 그럼 아무리 해도 하루가 끝나지 않아."

"응……."

"난 케이를 빨리 보고 싶어. 그런 감정이 아마도 전화를 바로 끊게 만든 것 같아."

"……그랬구나, 아……."

"이해해준 거야?"

"뭐, 음. 일단 합격이라고 해줄게."

불만이 가셨는지 케이는 마지막이 되자 차분하면서 유연

하게 받아들여 주었다.

"케이가 끊기 힘드니까 내가 먼저 끊을게. 알겠지?"

"알았어, 내일…… 학교에서는 대화 못 할 지도 모르지만…… 기대돼."

"응."

자연스러운 흐름으로 나는 스마트폰 통화 종료 버튼을 눌렀다.

물론 케이로부터 다시 전화가 걸려 오는 일은 없었다.

나와 케이의 관계는 변했지만, 그 사실을 당분간 밝히지 않기로 케이가 정했다.

그전까지는 표면적인 관계상 학교에서 나눌 수 있는 대화에 제한이 있을 것이다.

그래도 남들 눈을 피해 눈빛 교환 정도는 할 수 있겠지.

이렇게 해서 남아 있던 일을 전부 마치고 봄방학이 끝을 고했다.

내일부터는 또 새로운 학교생활이 시작된다.

평온한 일상만 보낼 수만 있으면 된다.

그런 생각은 지금도 변함없다.

보트를 타고 강 위를 느긋하게 지날 수만 있다면 더 바랄 것이 없다.

공부든 스포츠든 연애든, 언제 어디서 격류로 바뀔지 모를 일이다.

그것이—— 학교생활의 재미있는 점이기도 하다.

○이치노세 호나미의 봄방학 —마지막 날—

봄방학 마지막 날. 나는 반 친구 치히로, 마코와 셋이서 케야키 몰을 찾았다. 오랜 휴식에 들어간 뒤로 얼마 동안은 혼자 생각에 몰두하며 지내는 시간이 많았기에 조금 신선했다.

"호나미, 어디 아프진 않았어? 괜찮았어?"

항상 누군가와 함께 있는 나로서는 드물게도 혼자 틀어박힐 때가 많아, 얼굴을 보지 못해서 걱정했는지 마코가 그렇게 물었다.

"응, 괜찮았어. 미안해, 몇 번인가 만나자고 해줬는데 거절해서. 2학년 대책을 이것저것 세웠달까, 어떻게 해나가야 할지 충분히 생각하고 싶었을 뿐이었어."

"그렇다면 다행이지만…… 호나미, 혼자만 너무 고민하지 말고 우리한테 털어놓아야 해?"

이야기를 듣던 치히로도 이야기를 이어받았다. 학년말 시험 일도 있어서 그런지 평소보다 예민해진 것은 틀림없는 듯하네.

"응. 너희를 정말 많이 의지하고 있으니까. 무슨 일 있으면 반드시 의논할게."

그건 진심이었다. 하지만 괜한 불안감을 주고 싶지 않은 마음이 있는 것도 사실.

1학년 B반은 나 때문에 학년말 시험에서 크게 패하고 기로에 놓여 있으니까.

다만, 그렇기에 좀 더 마음을 써서 말을 골라야 했었다. 가벼운 발언으로 두 사람을 걱정시켜 버린 시점에서 실패다.

"진짜, 나 이제 100% 생생해. 봄방학 때 충전 다 했어."

이 봄방학이라는 존재는 나에게 큰 활력을 불어넣어 주었다. 그 시간은 지금껏 살아온 인생에 없었던, 무척 농밀한 것이었기 때문이다. 당연하게 친구와 노는, 그런 휴일과는 조금 달랐다. 아야노코지와 나눈 그날의 대화를 떠올리면 지금도 가슴이 뜨거워진다. 그의 방에서 내 약점을 드러냈을 때, 무겁게 누르고 있던 뭔가가 스르륵 멀어져가는 것을 느낄 수 있었다. 아직 싸울 수 있다. 사카야나기와 류엔, 호리키타와도 싸울 수 있다고 새롭게 마음을 다질 수 있었다. 물론 다른 반과 잘 대결해 나갈 수 있을지는 뚜껑을 열어보지 않으면 모르지만. 적어도 싸우기 전부터 전의를 상실해 버리는, 그런 최악의 사태는 피할 수 있었다. 그건 틀림없이 아야노코지 덕분. 그가 없었다면 지금도 나는 여전히 다시 일어서지 못했을지도 모른다. 소중한 친구…… 무척, 나에게 중요한……. 그다음 말은, 왠지 떠오르지 않았다. 뭐라고 표현하는 것이 정확할지, 머릿속 어딘가에서 생각하기를 거부하는 내가 있었다. 왜냐하면, 잊으면 안 되는 것이 있어서다. 그건, 나와 아야노코지는 반이 다르다는 사실. 절대 섞일 수 없는 관계임은 변하지 않는 사실. 1년 전처럼 반 포인트가 크게 벌어져 있어 서로 협력했을 때와는 달리, 지금은 차이가 많이 줄어들었다.

호리키타도 면전에 대고 말했듯이, 이제는 서로 경쟁하는 라이벌 반.

요컨대 대결하게 되면 거기에 불필요한 감정이 들어가서는 안 된다는 뜻이다.

만약 나와 아야노코지가 같은 반이었다면…….

그랬다면, 이런 고민도 전부 사라지고 주저없이 싸움에 임할 수 있었을 텐데.

"안 돼, 안 돼. 이런 생각을 하면……!"

속에 있는 억누를 수 없는 감정을 떨쳐내듯, 나는 고개를 크게 내저었다.

"왜, 왜 그래? 호나미."

갑자기 머리를 흔드는 나를 보고 놀랐는지, 마코가 걱정스럽게 얼굴을 들여다보았다.

"미안, 미안. 아무것도 아니야."

친한 친구 앞에서는 아무래도 방심하기 쉬워진다.

정신 단단히 차려야지. 봄방학 마지막 날이 아닌가. 나와 만나기를 기대해줬던 친구들 앞이니 지금은 쓸데없는 생각은 그만하자.

우선은 2학년의 시작을 최우선으로 삼아야 해.

괜한 생각들은 상황이 안정되고 나서, 여유가 생기면 그때 하는 거다.

지금은 아직 B반이지만, 이제는 상위 반의 여유가 하나도 없다.

지금부터는 모두가 같은 선상에 있었던 입학 초기의 마음가짐으로 해나가야 한다.

──내일부터, 우리 2학년 B반의 새로운 싸움이 시작된다.

YOUKOSO JITSURYOKUSHIJOUSHUGI NO KYOUSHITSU E
ICHINENSEIHEN KOSHIKIGUIDEBOOK First File Vol.1
©Syougo Kinugasa 2024
First published in Japan in 2024 by KADOKAWA CORPORATION, Tokyo.
Korean translation rights arranged with KADOKAWA CORPORATION, Tokyo.

어서 오세요 실력지상주의 교실에 1학년 편 공식 가이드북 First File

2025년 6월 15일 1판 1쇄 발행
2025년 8월 15일 1판 2쇄 발행

저   자 키누가사 쇼고
일 러 스 트 토모세슌사쿠
옮 긴 이 조민정
발 행 인 유재옥
이   사 조병권
출판본부장 박광운
편 집 2 팀 정영길 박치우 조찬희
편 집 3 팀 오준영 권진영 이소의 정지원
디자인랩팀 김보라 전세연
디지털사업팀 김지연 윤희진 장혜원
콘텐츠기획팀 강선화
라이츠사업팀 김정미 유아현 이지현
영업마케팅팀 최원석 윤아림
물 류 팀 백철기
경영지원팀 최정연
인쇄제작처 ㈜코리아피엔피
발 행 처 ㈜소미미디어
등   록 제2015-000008호
주   소 서울시 마포구 토정로222, 502호 (신수동, 한국출판콘텐츠센터)
판매 및 마케팅 (070) 8822-2301

ISBN 979-11-384-8702-3
ISBN 979-11-6611-455-7 (세트)